田山花袋

●人と作品●

福田清人
石橋とくゑ

CenturyBooks

清水書院

原文引用の際，漢字については，
できるだけ当用漢字を使用した。

序

青春の日、すぐれた文学作品や、史上大きな業績を残した人物の伝記にふれることは、精神の豊かな形成に、大いに役立つことである。

ことに苦難をのりこえて、美や真実を求めて烈しく生きた文学者の伝記は、この両方にまたがって、強い感動をよぶものがあり、一方、その作品の鑑賞や理解を助ける大きな鍵ともなるものである。

たまたま清水書院より、近代作家の伝記と主要なその人の作品を平明に解説する「人と作品」叢書の企画について相談を受けた。書院がわの要望は既成の研究者よりも、むしろ新人に期待するということであったので、この叢書中の二、三の私の監修以外のものを除いては、私の出講していた立教大学で近代文学を専攻した諸君を推薦することにした。そして監修者としての責任上、その原稿には目を通した。

こうしてすでに、一九六六年より続刊されてきたが、幸いその平明・新鮮さで好評のようである。

ここに、その一冊として石橋とくゑ君の『田山花袋』が出る運びとなった。執筆者石橋君は立教大学卒業後、二年間研究室副手を勤めたが、その間にこの原稿もまとめた。

館林の没落した士族の子として生まれ、早く父を失って、生活と戦いながら文学一途に生きた花袋、ほとんど独学で外国文学にもふれて、自然主義の旗手として島崎藤村や正宗白鳥と共に明治・大正文壇にうまず書きつづけた花袋の歩みと、代表的作を石橋君は手ぎわよくこの小著にまとめあげた。
私は縁あって、戦後、館林の花袋忌に招かれたことや、『田舎教師』のあとをしのんで、利根川べりを歩いたことなどをしのびながらこの原稿を読んだのであった。

福田清人

目次

第一編　田山花袋の生涯

第二編　作品と解説

第一編　田山花袋の生涯

芸術！　芸術！
自分の持った芸術が
何んなに小さな、つまらないものでも
矢張芸術は
　私の揺籃《ようらん》だ。
私の故郷だ。
　また私の墳墓だ。

日本の自然主義文学の旗手として、一生を文学とともにあゆんだ花袋の深い信念をあますところなく表現したかれの言葉である。

没落士族

故郷館林

「私の大きくなった町は、平野の中の摺鉢《すりばち》の底のような処にあった。『わり飯とろろにたんとたんと』という唄があるくらいで、余り色彩に富んだ町ではなかった。冬は赤城おろしが吹き荒んで日光連山の晴雪が寒く街頭に光って見えた。さびしい町、暗い町、衰えた町、寒い町であった。」(「幼き頃のスケッチ」)と、後年花袋が述懐している故郷館林《たてばやし》は、「嬶《かかあ》天下にからっ風」で世に知られた群馬県に位置を占めている。四方を山で囲まれた、さしたる産物らしい産物のない土地、かつては麦飯とろろを唯一のごちそうとした貧しさは、そこに住む人々に忍従を強く要求するかのようなきびしい風土であった。

そのきびしさを、なおいっそう強調する赤城おろしが吹きまくり、城沼《じょうぬま》の水面に厚い氷がはり、そのうえを渡って反対側まで行かれるような冬、明治五(一八七二)年一月二十二日に、花袋は栃木県(今の群馬県)邑楽《おうら》郡館林町四六二番屋敷で、父田山鋿十郎《しょうじゅうろう》、母てつの次男としてこの世に生をうけたのであった。このとき父はすでに武士ではなく、一時勤めていた役所も免職になり、無職であった。かれは録弥《ろくや》と名付けられた。「録」は「禄」にも通じ、「さずけもの、ほうび」の意味があり、また「武士の給与」という意味もある。武士であった父は、新しい時代に生をうけたわが子に、失われた武士への名残りを名前だけにでもとどめて

花袋の生地付近の風景

おきたかったのかも知れない。本文中では以後、録弥ではなく、われわれに親しみのある「花袋」という号でかれの名を呼んでいこう。

花袋が生まれたときは大変だったという。産婆の来るのが遅れ、そのうえ初湯がなかなかわかなかったので、湯がわくまでむしろの上におかれていた花袋は、冬の寒さも加わってほとんど半死の状態であったという。そのためかどうか大きくなってからも、非常にからだの弱い子どもで母の心配の種であった。

長い封建制度のもとに、館林城（尾《お》曳《びき》城）を中心として栄えていたこの城下町は、新しい時代の波にはげしくゆれ動く江戸幕府とともに、太平のねむりから目覚めさせられたのであった。武士という特権階級は、この波に洗われ流されて、かわりに四民平等という新しい制度が確立された。この変動は城沼、つつじが丘などの美しい風景に囲まれた館林を、またたくまに衰微の道へとみちびいた。花袋の目にうつった館林は、すでに昔のおもかげを少しもとどめていない「さびしい町、暗い町、衰えた町、寒い町」とかわっていた。

田山家

花袋の父鋿十郎は、旧上州館林秋元藩の武士であった。館林城主の秋元侯は、もと羽前山形城主であったが、弘化三(一八四六)年館林に移ったのであった。秋元侯代々の藩士である田山の家も主家と行動をともにした。山形から館林へ移《い》封《ほう》のとき、上役から信任の厚かった祖父の穂弥太《ほやた》は、なおしばらくの間、山形に代官としてとどまり、藩の残された仕事をかたづけてから館林へとおもむいたのであった。祖父母・父母ともに山形で育ったので、花袋にはこの山形の東北人気質の血―忍耐強さ・勤勉さ・誠実さ・朴訥《ぼくとつ》さ―が流れており、花袋はこの地を「母の故郷」としてあこがれていて、『続南船北馬』に次のように記している。

「猶《なお》一日の後、我は恙《つつが》なく母の故郷なる山形の地に入りぬ。山寺の奇勝阿古屋《あこや》の松の古跡もあれど、尤《もっと》もわが心を動かしたるは、名もなき高楯《たかだま》村一帯の平地なりき。母君は曽《かつ》て此処に青春花のごとき時を過し給ひしと思へば、平凡なる黒川も、何の面白味のなき平原も、皆我心には一種の新しき思ひを誘ふの糧《かて》とならぬはなかりき。」

田山家は、祖父の時代に同藩の綾部家から穂弥太が養子に来たの

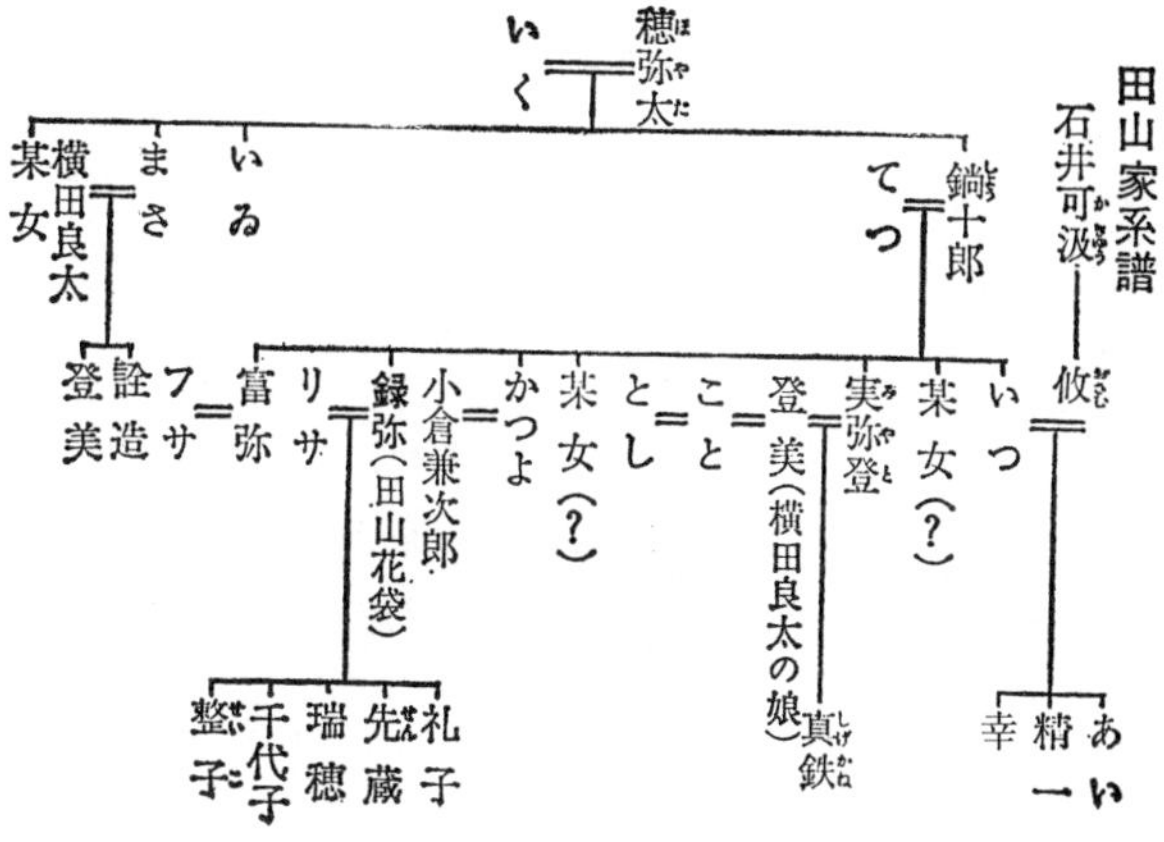

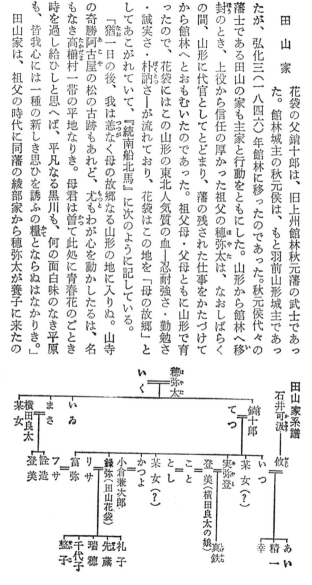

であった。養父田山運蔵は、穂弥太を娘の婿《むこ》にするつもりであったが、かれには、このとき祖母のいくが意中の女性として存在していたので、その娘は他家に嫁《とつ》いだ。したがって、田山家は祖父の時代にまったく新しく生まれかわったのであった。また祖父にはとくに書くべき文学的才能はみられない。

秋元侯は徳川譜代の大名であり、かなりな重職にまで名をつらねたのであったが、「江戸」から「東京」へとかわる時代のはげしい動きについていくことができず、いたずらに幕府と朝廷の争いに振り回された結果、新しい夜明けの明治社会から見離された存在となってしまった。明治維新の動力となった薩長土肥の人々が明治の御代《みよ》にいきいきと活動しているのにくらべ、館林藩の人々は、希望のない、不安な毎日を送らざるをえなかった。

「良太の眼には、何よりも先に零落と荒廃と絶望との士族屋敷の光景が惨《いた》ましく映つて見えた。大手の門を入る時から、かれはあたりのさまに驚かされたが、大名小路に来て更に一層愕《おどろき》の眼を瞠《みは》らずには居《お》られなかつた。昔話の浦島が子もかくやと思はるゝばかりであつた。」（「時は過ぎゆく」）

明治四（一八七一）年の廃藩は、禄高八石八斗の下級士族であった田山家にもおそってきた。

父と母

幼いときから、周囲の人々に将来りっぱな武士になると期待をかけられ、十五歳のとき、祖父とは別に一人扶持《ふち》を賜わったという父の鍋十郎は、あるとき殿様の御前試合で、弓術の名人として選びだされ、藩中千二百人中だれも射貫くこと能わぬ金《かね》の二寸的《まと》を、物の見事に打ち破ったという指折りの弓術の名人であり、江戸幕府安泰のときであったならば順調に出世をし、平和な一生を終わるはずであった。しかし新政府はかれらから武士という名をうばい、*金禄公債とともに一市民として新社会へ投げ出したのであった。父もこのために百姓としてあらたな人生を歩みだしたが、しかし士農工商の長として、人々から尊敬されていた武士としての長い間の習性を、肉体的にも精神的にも捨てることができず、ついに百姓になりきることはできなかった。その後、館林の役所に勤めたりしたがそれも思うようにいかず、けっきょく当時の士族の多くがそうであったように警視庁の巡邏《じゅんら》(今日の巡査)となるため単身上京した。父はこのとき三十七歳であった。四十歳で短い生涯を閉じた父は、武芸にひいでているとともに、文学にも多少のたしなみがあり、とくに和歌をよくした。和歌に関する書物も残っていたという。父の和歌は、明治初年の年の始めに宮中で開く歌会始めで選ばれたというから、かなりたしなんだのであろう。また文章もよくし、西南の役に出征したときはつねに日記をつけ、「陣中日記」を残したという。

花袋は肉親からの文学的感化として母と兄と、それから男女の情話や、心中や、悲しいあわれな物語に涙を流す感受性の強い深川の叔母《おば》とをあげ、父についてはなんとも書いていないが、実際には父からの影響は大きかったといえよう。花袋が従軍記者として戦地にあるとき、腸チフスの疑いをかけられ、死を覚悟せねばならない場面に出会ったとき、かれの頭に浮かんだ思いは「死―父の日記―自分の日記―寡婦《かふ》―孤児―」ということであった。これは花袋が無意識のうちに文学者としての父をつねに胸にいだいていたということにな

* 金禄公債　明治九年に華族・士族の家禄・賞典禄に代えて政府から下付した公債

ろう。

母のてつは同族の田山賀蔵の次女で、父より一歳若かった。十九歳で嫁いできたという美しい母は、藩公の御前試合のとき、弓をひいた父の晴れ姿に夢をはせていたロマンチックな女性であった。花が好きで美しい景色を愛し、雲の色などにあこがれ、見とれて縁側に立っているような性質は、花袋に「自分にもし文学的の想像《イマジネーション》の血が流れて居るならば、それは母親から承《う》け継いだ尊い賜物である。」（「生」）と述懐させている。この母が晩年「生」に描かれたようなわがままな、手のつけられない家中の厄介《やっかい》者とも思われるほどになったのには、明治維新による生活の変化、実の親子でありながら、仲のわるかった祖父と父との間にはさまれての気苦労、夫の死後の苦しい生活が原因であった。苦労するために生まれてきたような母に、花袋は無限の同情と愛情とをそそいでいる。母は、

母　田山てつ

「どうせ、女はこうですよ。一生苦労するようにできているんですよ。」といって、涙を浮かべるのがつねであった。花袋が六歳のときにこの世を去った父は、淡い追憶の情しか残してはくれなかったが、母は現実のなかでかれの脳裏にさまざまの絵模様を焼きつけてくれたのであった。かれは母から武士であったころの楽しさと、今の生活への不満やぐちをたびたび聞かされた。

「お前などは不仕合だ。殿様の時世であったら、月代《さかやき》を剃って、袴《はかま》をはいて、刀をさしてお城に行けたの

に、――そして賑やかなお正月が出来たのに」（「正月随筆」）という言葉は、花袋に武士の子としてのプライドをうえつけるとともに、不運な今の生活を必要以上にセンチメンタルに思うような涙もろさとを残したのであった。

兄と姉

花袋が生まれた年に、そしてその翌年にのちの自然主義作家として、ともに新時代を築いた徳田秋声・島崎藤村もうぶ声をあげていた。自然主義作家の共通のものとして、地方出身であること、士族あるいは地主階級の子であることがいえるが、かれらもまたそうであった。藤村は木曽馬籠《きそまごめ》で十七代にわたる郷士で、本陣・庄屋・問屋を兼ねていた。秋声は加賀藩の七十石取りの武士の出であった。

花袋には、このとき十四歳の長姉いつ、六歳の長兄実弥登《みやと》、四歳の次姉かつよがいた。花袋は作品の多くに周囲の人々、とくに、肉親を題材として扱っているだけに、兄や姉および弟の存在などは見のがすことのできないものがある。姉のいつは家庭の苦労を早くから味わったためか、または花袋とは年が非常に離れているためか、たいへんに落ち着いた怜悧《れいり》で勝気な性質にかれにには思えた。花袋が五歳のときにいつは警視庁少警部の石井攸《おさむ》に見染められて嫁いだが、七年後、胸を

少年のころの花袋（右端）　左から弟富弥（9歳）姉かつよ（17歳）

悪くし若くして世を去った。結婚したのちも、そのころ貧窮のどん底にあった田山の家をつねに心配しつづけ、力になっていた姉であった。幼い花袋の心中で、色の白い、髪の濃い、姿のすらりとした美しい女人像として残されている姉は、それだからであろうか、後年、この姉の遺児であるあいにプラトニックな愛情をいだき、あいをモデルとした小説「みやま鶯」「島の心中」「野の花」などをつぎつぎと書くのであった。「野の花」はとくに、花袋がもっとも尊敬し、終生の友であった柳田国男とあいをモデルとした名作である。

姉のいつと同様に、田山家の支柱として大きな犠牲を払い、そのために豊かな才能を引きさかれ、苦悩の一生を送った一人に長兄の実弥登がいる。一家の犠牲に一生を徒費した自己の生活をのろいつつ死んでいった兄、功名の念に燃え、人間としての理想を思い、独立自尊の精神に満ちていた兄は、父を失った家庭で父とも夫ともなっているうちに、その理想も氷のように解け出してしまったのである。それを見るたびに花袋は歯がゆさを感じたものであった。しかし兄の苦しさ、さびしさ、悲しさは、けっして花袋に理解できるものではなかった。実弥登の葬式の場で、亡き姉いつの夫である義兄の石井攸は次のようにいっている。

「をぢさん、新町のをぢさん（横田良太）実（実弥登）は幼い時分から世話してやつたりしたもんだから、気心もわかつて本当の兄弟のやうだつた。気の毒だつた。本当に気の毒だつた。一家のために犠牲になつたんだ。しかしをぢさん、これと言ふのも本当は御維新さへなければ、若い者がこんなに苦労しなくつても好かつたんだ。おてつ（いつ）だつて、ここの父さんだつて母さんだつて、皆そのために苦労をして命を縮めたのだ。おてつなどでも父が死んでから何んなに、この家のことを苦労してたか知れなかったからな…。あゝ、実際、御維新は士族に取つて、大きな打撃だつた。」(「時は過ぎゆく」)

才能がありながら、正規の学校を出ていないために認められず、また、漢学を学んだために時代の波に乗ることもできず、そのうえ、母との性格上の相違から生ずる争いが兄をいっそう孤独にした。とくに母との争いは陰惨であった。たがいに愛し、同情していながら、現実には憎みあい、いがみあう母子、こうしてかれらのあいだには、ときどき周囲の人々をハッとさせるほどの緊迫した空気をかもし出すのであった。兄は、

「母様《おっかさん》にはどうせ私は気に入らないのだから銑《せん》(花袋)に後を譲つて私は隠居する!」とよくいった。ある日の夕暮、いつものような衝突から、

「そんなに仰しやるなら、私は死ぬ。」

と、兄は本気で祖先伝来の短刀を持ち出し、母は、

「貴様のやうな卑怯者に切腹が出来るなら、見て居るから為《し》て見ろ!」

となる。この泥沼のような、救いのない争いのなかで、花袋は人間の業《ごう》の悲しさをいやというほど味わわされたのであった。花袋文学の底を流れる悲しみは、この封建制度のもとの家族制度と血のつながりに源流をみることができるのではなかろうか。この闘争のなかから傑作「生」(明治四一・四『読売新聞』)が生みだされたのであった。不遇のうちに世を去った兄を、花袋は多くの作品に登場させている。

田山録弥が小説家「田山花袋」として今日あるのは、まったくこの兄のおかげである。当時の社会では、小説家という位置は大変不安定なものであり、白眼視されたものであるが、そのなかで陰に陽に力づけてく

れたのがこの兄であった。兄の花袋に与えた影響は、のちの「師と呼ぶ人々」の項でのべるので、ここでは省略しておく。

上京 (一)

父の死

新政府のもとに、下谷（現台東区）の坂本署詰めの巡査として再就職していた父のいる東京へ一家をあげて上京し、根岸御行松《ねぎしおぎょうのまつ》付近に住居を定めたのは、明治九（一八七六）年三月五日ごろであった。三月五日には、弟の富弥が生まれているので、たぶん五日より少し前であると考えられるが、くわしいことはわかっていない。父は巡査となってから、わりあいに出世が早かったし、そういつまでも夫婦・親子が別れて住んでいるわけにもいかないと考えたからであった。母にとっては長年の田舎《いなか》生活、舅《しゅうと》との生活から、不自由ながらも夫婦水入らずの楽しい毎日が訪れたのであった。上京のとき、花袋は武士の子であるというプライドから脇差を一本さしてきたという。後年、母は花袋によくこういった。

「お前は覚えてゐるだらう。父様は一番お前を可愛がつて……。根岸にいる時、よくお前をつれて新しく出来た田圃《たんぼ》の金漁湯に行つたものだよ、覚えているだらう。」（「生」）

花袋にとっても、父親の愛を身をもって感じることのできた貴重な一時期であった。

しかし、このしあわせも長くは続かなかった。新政府のもとに、社会もやっと落ち着きをとりもどしたかに見えたのであったが、明治維新でもっとも打撃をうけた旧武士階級の残党たちは、新政府に対し非常な不満をいだいており、その不満はいつ爆発するかわからない状態であった。このような空気のなかで、新政府内部に征韓論をめぐる内紛が生じ、それを契機にいろいろな乱が起こった。薩摩の士族が西郷隆盛をおしたてた西南の役は、その最大なものであった。ために政府は警察官のなかから志願者をつのり、その平定に出動させた。花袋の父は、つねづね「いつまで巡査なんかをしていたって仕方がない」と考えており、武芸もあり、算術も達者で、栄達を望む心を捨てることができなかったので、このときとばかり志願したのであった。母はこのとき、

「あなた、田舎の老人や子供を置いて、もしものことがあつたらどうするんです？」

ときくと、父は、

「御維新の時死ぬはずなのを、十年生きのびた。死んでも残り惜しいことは少しもない。」

と、平気な調子で答え、戦地へおもむいたのであった。そして

「柳の糸も長く、菜の花も咲きて長閑《のどか》なる気候に相成り候」

というたよりを最後に、父からの音沙汰《おとさた》はたえた。父が肥後国、飯田山麓の戦い（「御船《みふね》の戦い」ともいう）で不運な戦死をとげたのは、明治十（一八七七）年四月十四日であった。行年四十歳、一等巡査の身分であった。いま八代《やつしろ》市横手に埋葬されている。後年、花袋はこの地を訪れ、父の墓にもうでている。

遺品とともにとどけられた死亡通知に、母と子とは呆然《ぼう》とした。

「母親の眼からは涙が流れた。その時に限らず母親の膝を枕に、私は其の父親の話―御国の為に戦死した豪《えら》い父親の話を聞いて居ると、いつも私の頰に冷たいものゝ落ちるのが例であつた。」(「父の墓」)

父のいなくなったいま、一家は東京にとどまることはできなかった。ふたたび館林へもどらざるをえなかった。夢のように短いそれだけに楽しかった東京での一年間を胸の奥深くおしやった田山親子の目には、なつかしい故郷、館林の空も暗く重かった。明治十年の八月であった。

「我には父といふ記憶なかりき。父はわが五歳の時、東京に出でて、陸軍に職を奉し、かの西南の役に早くも犠牲となりたまひけるなり。」(「幼き頃のスケッチ」)

悲しみの館林生活

記念多き家　館林での生活は、ひとくちにいって、「楫《かじ》の絶えたる孤舟の何処《いずこ》ともなくただようごとく、いと心細く」というようすであった。これから田山家の苦難の歴史が展開されるのであった。老齢の祖父母――まして祖母は盲目であった――と、十三歳の兄の実弥登をはじめとして四人の子の七人の生活を、夫の年金とわずかな公債で暮らすのであったから、夢中で母は働いた。維新前には琴《こと》をかなで、花をいけ、茶を立てた手に鋤《すき》をもち、機織りをし、賃仕事の裁縫をするという必死な毎日であった。

明治十一（一八七八）年、花袋は館林学校の東校に入学した。当時館林には東校と西校とあり、東校は士族

旧館林町付近

花袋が成長した裏宿の家

の子弟の行くところであり、西校は平民の子弟の学校であった。花袋はここでも武士の子という意識を知らず知らずに養っているのであった。花袋が学校にはいるとともに、一家は外伴木《そとばんき》の家から裏宿《うらじゅく》の家へと引っ越してきた。この裏宿の家は、花袋の「成長の家」とも名づけられる記念多き家であった。

「あはれ記念多きその家。後に低き土手を帯び、前にひろき畑を控へ、門の傍には梅の古樹蓋のやうに冠り周囲には柿、栗、杏などいろいろと生茂りたるが、故郷を去りて後、われは幾度そのなつかしき一軒の茅葺《かやぶき》屋根を夢にや見けん。」（「ふるさと」）

尾《お》曳《びき》城と城沼《じょうぬま》とつつじが丘という美しい自然に恵まれたこの成長の家は、花袋に自然の美しさとすばらしさを肌で感じさせたのであった。花袋は明治十一年から十九年まで東京での奉公時代を別として、この家に住んだのであった。

「故郷にてのわが記念は、いつも此家に伴はぬはなく、故郷に於けるわが追憶の情も、皆この家を思ひ出さぬ事とては無し。」（「ふるさと」）

花袋は東京に出てからも、館林に帰省したおりには、かならずこの家を訪れた。そして、

「昔のままだ。変らんものだねえ。」

となつかしく思い、やせて弱々しかった幼いころを思い浮かべるのであった。北関東の山々があたり一面に見渡せるこの家は、八畳、六畳、四畳半の三間の狭さにもかかわらず、小さかった花袋の心の中では無限の広さをもって存在しているのであった。

今もこの家は保存されており、県の管理のもとに「文学者田山花袋」をしのばせる、貴重な資料となっている。

でっち奉公

「親はなくとも子は育つ」のことわざのとおり、父のないさびしさも、苦しい生活も意に介《かい》さないかのように、花袋兄弟は自然に囲まれた風土のなかで、すくすくと大きくなっていった。明治十三(一八八〇)年、兄は小学校を卒業すると、義兄石井攸の世話でさらに勉強するため上京し、本郷にある漢学者中村峰南《ほうなん》の包荒塾《ほうこうじゆく》で漢学を学ぶのであった。兄は長男なので、無理をしても学問をさせ、出世させなければいけないという意見とともに、次男である花袋は、少しでも早く家の負担を少なくするために商人にしようという意見が周囲で進められていた。「階級の打破、職業の失墜――この暗い影の漲《みなぎ》つた中で、私は成長《おおき》くなつた。」(「落伍者《らくご》」)というように、零落した士族の姿は悲惨なものであった。士族の商法で、なれない商売に手を出して財産をすっかりなくしてしまった人、刀を持った手に鋤《すき》を持ってフラフラしている人、絶望のあまり自殺する人、それらの風景がいたるところに見られた。

こうした新しい時代にいきいきと生活していたのが商人であった。そして早くも商人に転向して成功している人々が何人かあった。花袋の友人の尾形兼雄の家もそうであった。畳も敷いていない藁《わら》の上で育った昔の仲間《ちゅうげん》の子どもで、小さいときから機《はた》屋に年季奉公にやられ、そこでしんぼうしたのち独立し、みごとな花を咲かせたのであった。花袋もおなじ運命を求めるようにでっち（丁稚）奉公に出された。これは東京の叔《お》父《じ》、横田良太のすすめが力があったといわれている。

「私は十一歳の時（事実は九歳）半歳ほど足利の薬種屋に丁稚に行つたことがあつた。其頃子弟を商人に仕立てやうとすることが士族の間に流行した。役人は免職の心配がある。自分でかせいで生活して行く商人に限る。誰も彼も皆かう思つた。」（「幼き頃のスケッチ」）

幼い、まだ世間のことをなにも知らないかれは、ただ家を離れるさびしさに泣きたいような心をいだいて、母の「辛抱しなくつてはいけないよ。」という声をうしろに、ひとり車に乗って遠い町に奉公に行ったのであった。まだ小学校の初等科もおえていなかった。しばらくの間、その薬種屋に奉公していたが、まもなく横田良太から東京にいい奉公口があるという知らせに、そちらに行くことになって薬種屋をやめた。

上京 ㈠

孤独な東京

薬種屋からもどって、しばらくの間は家にいたのであったが、まもなく明治十四(一八八一)年二月、東京にいる叔父の横田良太の主人、岡谷繁実の知人に当たる京橋南伝馬町の本屋、有隣堂《ゆうりんどう》(主人・穴山篤太郎《あなやまとくたろう》)にでっち奉公するため、祖父に伴われて上京した。

十歳になるかならぬかの、色のなま白い、弱々しそうな、はにかみやで臆病《おくびょう》な花袋に、二子縞《ふたこじま》の短い着物を着て、前垂れをした姿で、たくさんな、重い本を背負い、雪のふるなかを、こけつまろびつしながら本を配達して歩く毎日がはじまったのであった。まだ母に甘えたい年ごろである。駒場の農学校(今の東京大学農学部の前身)に配達のため使いにやらされたときなど、そこは今とちがい宮益坂《みやますざか》をおりたあたりから、どことなく田舎田舎《いなか》していて、わらぶきの家があったり、小川があったり、橋があったり、水車がめぐったりしていて、そこを通ると故郷にでも帰って行ったような気がして、なんとなく母親や祖母のいる田舎の家が思い出され、涙をふきふき歩くのだった。

あるときは、箱馬車のただ乗りをして得意になったり、冬の寒い夜にはすいとんのうまそうな、暖かそうな湯気につばをのんだりした。またあるときは、兄に無性に会いたくて、包荒塾のまわりをうろついたりもした。孤独なさびしさを兄から慰めてもらおうとしたのであった。しかし塾の前まで行くと、こういう小僧姿の弟を他人に見られる兄を気の毒に思って、公然と兄を訪れることはできなかった。包荒塾の読書の声はなつかしく胸にせまり、兄が苦しいなかで必死に勉強しているのが、自分の身に引きくらべてみてうらやましく、かつ悲しかった。田舎で学校に行っていたころの花袋は、それほど勉強はしなかったが、よくできるほうの生徒であった。

誘惑の多い都会

東京での生活は、幼い身にはあまりにもつらかった。故郷へのなつかしい思い、母への祖父母への、友だちへの甘くせつない思い。それとうらはらな現実のきびしい生活。甘えることのすこしも許されない孤独。そんな生活のなかから、幼い花袋は必死になって自分なりの生きる道をさがそうとした。悲しいことにそれは多くの地方から出てきた、弱く、幼い者の踏む道とおなじように悪への道であった。

時がしだいにかれを都会の生活になれさせ、小僧生活も落ち着き、本の配達も、物を買いに行くことも、なんともなくなってきた。むしろ、田舎では見たこともないようなおもしろい玩具や、うまそうな菓子、それが金さえあれば自由に手に入るのを知ると、かれは、ほしい気持ちをがまんできなかった。店の金をごまかしてはほしいものを買って、一時的欲望を満足させ、ひとりぼっちのさびしさからのがれようとしたのであったが、しかし、年端《としは》のいかぬ子どものごまかしなど、店の主人にすぐにわかってしまったのであった。

主人は花袋の幼いのをふびんがり、けっしてそのことでしかることはせずに、叔父の横田良太あてに「二、三日留め置いて、よくいましめてもらいたい」という手紙を持たせて花袋を帰したのであった。

花袋は叔父の家に数日をすごした。その間、花袋は、岡谷繁実から武士の子としてあるまじき行ないとしてきつくしかられ、繁実夫人からやさしくたしなめられるのであった。そして、兄に伴われてふたたび有隣堂の店に帰されたのであった。兄は小さな弟をふびんに思い、あるかないかの財布の底をはたいてそばを食べさせながら

「本当に、今度は心を改めるんだよ。いいかえ。」

とさとすのであった。花袋には、自分のさびしい心をつげることも、故郷に帰りたいことをいうことも許されなかった。かれは兄のやさしい心と、自分のかわいそうな心に、涙を流してだまってうなずくことしかできなかった。

しかし周囲の人々の言葉も、花袋の悪いくせをなおすことはできなかった。ふたたび店の金をごまかしたとき、今度はほんとうに書店から暇を出されてしまった。

「もう一度、他の店へでも奉公に出してみようか。」

という人もあったが、

「物心もつかない中に、誘惑の多い都会に一人で出して置いては、当人のためにもよくない。いっそ田舎へ帰して、学校に入れて素直に育てる方がいい。」

ということになって、ついに田舎に帰されたのであった。

このころ、次姉のかつよも、姉の嫁ぎ先の石井家に、小間使代わりに来ていたのであるが、気性の強い彼女はうまくやっていくことができないので、兄につれられて花袋とともに帰った。明治十五（一八八二）年五月のことであった。この帰省の時期については、いろいろな説があるが、ここでは、いちおう五月としておく。

三度の館林生活

わんぱく時代

東京から帰ってきた花袋のことを母は次のようにいっている。

「それでも田舎に置いたら、此頃は、大分よくなりましたよ。勉強もしますし、成績もまア好い方です。あの時、東京から帰つて来た時には、まアこのすれつからし、一年の中に、からも人間がわるくなるかと思つて喫驚《びつくり》しましたよ。あの時は、本当にあきれちやつた……。実（兄）や私に喰つてかゝるんですからね。東京といふところは、怖いところだと思ひましたね。」（「時は過ぎゆく」）

ふたたび学校にもどったとき、世間の風のつらさを身にしみて感じた花袋は、一生懸命勉強し、えらい人間にならなければいけないと考えるのであった。これからの花袋の毎日は、朝食前に和算を学びに戸泉鋼作《こうさく》先生のもとに行き、朝食後すぐに小学校に登校し、授業終了とともに漢書をたずさえて、吉田陋軒《ろうけん》先生について漢籍を学ぶのであった。こう書くと、勉強ばかりしているおもしろみのない、あお白い子どもと思われがちであるが、けっしてそうではない。勉強が終わると、近所の子どもといっしょになってメンコに興じ、ぐみとりに、魚とりに走りまわったり、あるときはまた他家の畑の桃を盗んで見つけられて、みんなといっしょにはだしで逃げ帰ったり、というふうにすっかり普通の子となった。奉公していたときのように「田舎者！」とののしられることもなく、のびのびとした生活であった。おかげで色は日に焼けて黒く、丈《たけ》が高く、すこやかなからだつきとなった。

夜学会

しかしながら、この子どもらしい遊びとか、いたずらはからだの発達に伴って起こった一時の現象にすぎなかった。メンコやぐみとりを卒業すると、花袋は釣に心を傾けるのであった。糸をたれてじっと城沼の黒い水の上を見つめながら、深い空想にふけるのであった。それは少年から青年への一過程であり、いままでとちがうまじめななかに、はげしい狂熱をくわえたものであり、「勉励・奮発・立志などのまじめなる問題」への目ざめであった。このころの花袋の夢は参議になることであった。参議になって馬車に乗ることであった。東京から帰されてふたたび学校に行かれるようになったのが非常にうれしかった花袋は、以前とすっかりかわって、一生懸命勉強するようになったことは前に書いたが、そのかいあって、学校の成績は非常によく、学年の最後の日には、かならず先生からほめことばといっしょに免状・褒《ほう》状・

ほうびの本二、三冊をもらわないことはなかったという。とくに作文は得意で、ゆくゆくは文章家にしたらどうか、と先生の間でうわさされるほどであった。

また吉田陋軒先生の休々塾《きゅうきゅうじゅく》でも先生からつねに学業の進歩が速く、田山の子息ほど性がよく、記憶のすぐれているものはない、といわれたほどであった。その言葉がいっそうかれの学問に拍車をかけた。このころの花袋の親友であった進藤長作によると、花袋は早言葉で読書は大きな声で音読するので、近所に行くと、家にいるかどうかがわかるほどであったという。東京へ奉公に行ったことは、それ自身悪い結果となったのであったが、花袋の奥深く眠っていた、考え深いまじめな、勉強好きな性質を目ざめさせたのであった。一つの困難にぶつかると、それを土台としてよりすぐれた方面に進歩する人間、花袋はそういう人間であった。

小学高等科にはいるとまもなく、多くの学友のなかから、最も意気相投じた数人の友と知り合った。かれらはみんな勉強もよくでき、四年生の教室での成績の上席はほとんどかれらで占領し、運動場のチャンピオンもまたこの仲間で奪いとり、先生の間での評判もよいという連中であった。そして、つねにいっしょに遊び、ともに勉強し、議論をし、たがいに将来への夢を語り、まるで天下の秀才であるかのように、名をあげ、大事業をなし、大宰相となり、あるものは大将となると誓い合うのであった。かぎりない希望の満ち満ちている少年たちであった。こういう友人をもったことが花袋をいっそう力づけ、勉強に心をむかわせるのだった。

この仲間で明治十八（一八八五）年の秋、夜学会をつくった。これは、土曜日ごとに順ぐりにめいめいの家で、学問や議論をしようという会であった。数学をし、漢学をただし、漢詩をつくり、また口角泡《あわ》を飛ばして語り合うのであった。かれらの若き胸には、かぎりない望みが満ち満ちており、かれらの将来には花の咲き乱れる園があり、そこにはうまい果実が熟していて、その美しい将来に至る道も、砥石のような平らな大道で、なんの苦もなく、そこに至ることができると考えていた。若いロマンチストの群れであった。

投書家時代

この夜学会のメンバーのなかで、作詩を試みるものが二人あった。花袋と逢坂《おうさか》正男である。

花袋は吉田陋軒から漢詩文を学び、また兄が帰郷するごとに教えてもらっていたので、他人のを読むだけでは満足できず、しだいに自分が漢詩文をつくることに興味をいだき、ひそかに毎月二、三編つくって楽しんでいた。そこに、やはり作詩に興味をもっていた逢坂と親しくなったので、二人でおたがいの作品を批評しあったり、詩材を求めるといって日曜日に、風景のよい城沼の畔《ほとり》をさまよったり、つつじが丘から遠く古城址を見渡したり、ひとかどの詩人ぶりであった。そのうちにただつくって二人で見せ合うだけでは満足できなくなり、本にしようと計画した。そこで二人とも、まえからつくってためておいた城沼に関する詩四、五〇編を集めてこれを清書し、同じく夜学会の仲間で絵のうまい小林一意《ひとい》にたのんで、表紙に城沼の四季の風景をかかせたのであった。この絵は年齢的にみて非常に巧みであるという。ここに花袋の処女詩集『城沼四時雑詠』が生まれた。明治十五（一八八二）年五月であった。

「思へ人々、定価二拾銭といふ印の、親戚にありたるを借り来りて、其小冊子の完尾に捺したるわが得意のいかなりしかを。」

花袋詩集『城沼四時雑詠』の口絵

この雑詠の校閲者に名を記している逢坂は、早くから文学の才能にすぐれた面を示し、とくに詩歌にひいで、花袋よりも技量では数段上であった。花袋が後年これらの詩を、

「今思へば、昔しなどかかる拙詩をことごとしく書き立てゝ人にも誇りしかと、はづかしく自分から呆れぬ。」

といっているように未熟なものではあったが、しかし少年らしい率直さをもったおおらかな詩である。このころ、花袋は同級の荻原と他のもう一人とをさそって、『螢雪《けいせつ》雑誌』というのをつくったという。漢詩によってはじめて文学に足をふみだした花袋は、文学のおもしろさを知りだすと、多くの文学青年がそうであるように、かれも他の人々と自分の作品とをくらべてみたい欲望、高名な先生からの批評をうけたいという欲望がおこり、これから『穎才《えいさい》新誌』投書家時代がはじまるのであった。

『穎才新誌』という雑誌は、明治十年三月、陽其二《ようそのじ》によって創刊された。はじめは高等な啓蒙的意志で出版されたらしいが、花袋のころには地方青少年の投書雑誌になっていた。四六判二倍大の、薄っぺらな素朴な体裁の本であった。花袋は毎号かならずといってよいくらい投書し、すっかりその常連となってしまった。

このころ花袋のもちいた号は「汲古《きゅうこ》」というのが多かったが、なにか古めかしさを感じさせ、漢詩文向きの号である。熱心に投書するわりには花袋の雑誌での評点はあまりかんばしくなく、たいてい甲・乙・丙のうち乙と丙であった。それでも花袋は、たまによい点がついて雑誌に掲載されるのを楽しみにして、一生懸命投書するのであった。貧しい花袋の家では一冊二銭の雑誌代も惜しまねばならぬような状態にあった。けれども、それでも他の無益なことで費やすよりはよいと、母から許可をうけていた唯一《ゆいいつ》のぜいたくであり、唯一の慰めでもあり、また奨励者でもあった。かれはこの本の発行日を一日千秋の思いで待っていた、といっている。

明治十九（一八八六）年三月、花袋は優秀な成績で八年間の小学校の課程を終えた。花袋にすれば、兄と同じように、いよいよ東京に出て本格的に勉強するつもりであった。が、しかし田山家の家計はますます窮迫していた。政府から下付された公債は、長い間の徒食に一枚へり、二枚へりしてほとんど使いつくし、どう財布をふったところで花袋の学費の出所がないだけでなく、かれはすぐに職業について家計を助けなければいけないほどであった。

花袋がしばしば投書した
『穎才新誌』

花袋が学問を続けたいのにできない状態にあったとき、夜学会の仲間である桜井時次が時の高官に見いだされ、その援助のもとに東京に遊学することがきまった。このとき、花袋はどんなにその友をうらやんだことだろう。わが身の不運を嘆いたことだろう。花袋はこのころ、父のあとをついで軍人になることが、希望であった。軍人になるにも、東京へでて勉強しなければどうしようもない。花袋は悶悶《もんもん》のうちに毎日を送るのであった。

上京 (三)

軍人失格　このころ、東京の石井攸の世話で、学問を続けていた兄は、非常によくでき、目に立つほどの上達ぶりを示し、いまでは塾頭となって先生の代理をつとめて、いろいろのところに教えに出かけるほどになった。それだけに兄としてはもうすこし勉強を続け、できれば大学にでもはいり、漢学だけでなく時代に合った学問をしたいというのが希望であったが、田舎で心もとない生活をしている家族のことを考えるとそうはいかず、岡谷繁実の世話で修史館（のちの東京大学史料編纂所）に勤めることになった。明治十九（一八八六）年七月、花袋が小学校を卒業して四か月後に、一家をあげて上京し、牛込区（いまの新宿区）富久町二〇番地の、もと会津藩下屋敷《あいずはんしもやしき》内に住むことになった。早川田の渡船場から和船で利根川を渡り、江戸川を下って本所《ほんじょう》小網町の船宿に着くまでの三日間、夢にまで見た東京生活への期待で、花袋の心ははずみきっていた。

「兄弟の心は東京に憧《あこが》れ切つて居た。中でも兄は、これで多年の志が遂げられたやうな気がした。東京に行きさえすれば、どんな目的でも達せられる。何《ど》んな豪《えら》い人にでもなれる。馬車に乗るやうな立派な人にもなれる。其処《そこ》には、かれのためにあらゆる好運と幸福とが門を開いて待つているかを知らなかつた。」

（「朝」）

花袋は東京に着くと最初に神田美《み》土《と》代《しろ》町にある『穎才新誌』の発行所、新誌社を見にいった。

「どんなりっぱな家だろう。」

と思っていたところが、半西洋風の案外ちっぽけな家だったのでちょっとがっかりしたという。

花袋は、父の意志を継ぐことと、最も経費が安いということで、かねて希望していた軍人になるために、おもに陸軍士官学校・幼年学校の試験応募者のために必須の課目を教えるという、今日でいうところの予備校、速成学館に入学した。このころ陸軍志願の学生には、成城学校がいちばんよいとされていたのであったが、二年も三年もかかってはいるという経済的余裕がないうえ、兄の漢文で養われた東洋豪傑風に影響され、規則通り年限をかけてはいるなんていくじがないとばかりに「速成」という名にあこがれて、この学校に入学したのであった。そして小倉の古袴の短いのをはき、肩をいからして得意になって古風な門がまえの学校へと通うのであった。

翌年四月、陸軍幼年学校の試験を受けた。学科は通ったのであるが、体格検査で失格した。近視が原因だという。結果としては、この学校に通ったことはむだとなったが、花袋はここで三人の友、渡辺成文・武井米蔵・弥津栄助と知り合った。

かれらは長野県上水内《かみみのち》郡《ぐん》赤塩《あかじお》村《むら》三水《みすい》の出身で、青雲の志をいだいて故郷を飛びだしてきた青年であった。かれらの下宿先と花袋の家とがおなじ方角であったところから話しだすようになったのであるが、かれらも花袋もともに田舎から出てきたということと、将来への大きな希望をいだいていることが共通の話題をよびおこし、またたくまに十年来の親友のように親しくなった。かれら三人の話にはたびたび美しい故郷のことが出てきて、花袋の自然を好む心をひきつけた。花袋は後年、何度かその村を訪れたが、そこに起こった放火事件を題材として書いたのが『重右衛門の最後』（明治三五・五）であった。この作品は、花袋の文壇的出世作ともいえる貴重なものである。かれらのうちの一人、武井米蔵は漢詩文に興味をもっていて、作詩もしていることを知った花袋は、それからはいっそうかれと親しくなり、たがいに自分たちの作品を見せ合ったりした。

花袋はこの三人をモデルとしていくつかの作品を書いている。右にあげた『重右衛門の最後』をはじめとして「悲劇」（明三七・四『文芸倶楽部』）「秋晴」（明三九・十一・『文芸倶楽部』）などがある。花袋に軍人になる望みが消えるとともに、かれらも学費が続かなかったり、試験に落ちたり、家から迎えがきてつれもどされたりして、いつか交際がうとくなっていった。

暗闇《くらやみ》のなかの青春時代

法律と文学

軍人になることを断念しなければならなかった花袋は、
「漢学へ行こうか、英語へ行こうか、それとも政治に行こうか」
というまよいが、つねに頭のなかをうろついていた。漢学はいままでやってきた学問であるから基礎はあるし、好きな学問でもあったが、しかしすでに時代に遅れていた。明治の新風にふれた当時の青年のほとんどが、身を立て、名をあげ、国家のため、家のために役だつ人間になるようにといわれて育ったが、花袋もその例外ではなかった。

花袋は、法律を学んで政治家になろうと決心した。小さいころ、参議になって馬車で故郷に帰ることを夢見た思いがふたたびよみがえってきたのであった。そこで、こんどは法律の専門学校にはいるための勉強をはじめた。そして、これと並行して、これからの学問としての英語の重要性を考え、もと館林藩士で上京後、内務省視察局に勤め、父の生存中親しかった野島行好の息子《むすこ》金八郎が東京大学予備門の学生であるのを知って、かれに英語を教えてもらうことになった。

野島はハイカラで、文学好きな青年で、同じ予備門の学生、尾崎紅葉・山田美妙などとも知り合いであった。金八郎はつねに、文学者、芸術家がなんといってもいちばんすぐれた高尚な人間であるといって、自分にもし文才があれば文学者になるのだが、と才能のないのを残念がっている青年であった。それだけに金八郎は、どこからそういう知識をえたろうと思われるほど文学者、小説家についての新しい知識を持っていた。そして今の日本で流行している戯作《げさく》小説を批判し、

「外国のものを読まなければだめだ。」

といって、花袋に外国のいろいろの本を貸してくれるのだった。かれのいままでの文学知識は漢学と和歌のみであり、外国知識は皆無といってよかった。野島から外国小説のことを聞き、ディッケンズ・サッカレー・ユーゴー・デュマなどに親しんだことが、文学の範囲を広げるとともに、より文学に近づけることにもなった。いつの間にか花袋は野島の部屋を自分の家のように使い、野島がいなくても、だまってはいって本を借りてくるほどになった。あるときそれを野島の父にとがめられ、一時はそこに行くのがいやになったというが、兄弟のいない野島からは弟のように扱われたという。野島は、父がなく、さびしい、貧しい生活をしているのに、生まれつきの素直《すなお》さを失わない花袋を非常に愛し、いろいろの相談にのってくれたり、遊びにつれていってくれたりした。しかし、野島はまもなくからだをこわしたため学校をやめ、地方に勤めることになったので東京を離れ、この師弟関係は終わりをつげた。二年ほどの短い間ではあったが、花袋にはじめて本格的な文学への目をさましてくれたのであった。後年、自然主義作家として花袋がひとりだちしたとき、その基礎となったのが外国文学であることを思うと、野島の力の大きさを考えないわけにはいかないであろ

う。花袋が法律家を希望しながらも文学を捨てることができなかったのも野島の影響と考えられる。明治二十一（一八八八）年の初めごろ、野島が東京を去ると、花袋は続けて英語を勉強するため神田仲猿楽町《なかさるがく》にある英語の専門学校・日本英学館（のちに明治会学館と改名）に入学した。

鹿鳴館《ろくめいかん》に仮装舞踏会が開かれ、外国人とのはなやかな交際が新聞の紙面をにぎわす時代であった。そしてまた、日本の近代文学の先駆者として現在なお不動の地位を保っている二葉亭四迷の翻訳「あひびき」（明二一・八『国民の友』）が出されたときであった。これらのことがいっそう花袋の心を外国文学へと向かわせ、学校の授業でも、小説を読むのに不必要とかれが感じた文法や会話の時間はいつも欠席し、ただ一日も早く読めるようになるようにと、そればかりに心をそそぐのであった。その努力のかいがあって、わずかのあいだに、かれは自己流ではあるが、外国小説を英書で読むことができるようになった。

二葉亭四迷

そして思うように本を買うことができなかったので、週に二、三度はかならず上野の図書館に行き、ドストエフスキー・トルストイから西鶴までを、わからぬながらも手にふれるのであった。おかげで花袋は、そのころの文学書生としてはわりあいに外国の知識をもっているほうの青年となった。

明治会学館には弟の富弥もいっしょに通学した。富弥は軍人志望で、のちに陸軍幼年学校から士官学校を出て弘前に勤務となり、中佐で退官している。兄は修史局に勤めても、正規の学校を出ていないうえに、漢学という時代に遅れた学問を専攻したために、実力はあっても地位的に低く、したがって給料も安かった。ために、この時分の家計も非常に苦しいものであった。

花袋は上京後も『穎才新誌』に投稿していたのであったが、その雑誌代の二、三十銭すら思うように出してもらえなくなったため、それからは自分の作品が載っているときのだけを買うことにしたが、それが載っているかどうかを見に、四谷の伝馬町にある絵草紙屋まで二十丁（約二・二キロメートル）ぐらいのところを歩いていったのであった。ところがその絵草紙屋では『穎才新誌』を上から竹にはさんでつるしてあるため、わざわざ下におろしてもらわなければならなかった。さいわいに出ていればよかったが、出ていないときは買わないので、店の人からにらまれたりして恥ずかしい思いをした。そのために上からつるしていない店をさがして、何軒も歩いてまわったという。このように貧しかったが、しかし楽しい毎日ではあった。花袋の胸のなかでは、バラ色の世界が未来に輝いていた。

明治二十一（一八八八）年五月二十六日に祖父の穂弥太が、ついで十月七日に祖母のいくが他界した。若いときから非常に仲のよい夫婦であったが、祖母が盲目になってからの祖父のめんどうみのよいことは、館林にいるときは町の評判であったという。鍋十郎なきあと、老いた身で嫁と孫の将来を心配していたが、実弥登が一人前になったのを見て安心したのであろう。盲目の祖母を残して行くことを心配しながらも、静かな死であったという。

『買山楼初集《ばいさんろうしょしゅう》』

明治会学館の授業が終わってから図書館に通う一方、花袋は貸本屋も大いに利用した。神田小川町角をすこし行ったところにある「いろは屋」という貸本屋は、貧しい書生にとって非常に便利なものであった。かれは『我楽多《がらくた》文庫《ぶんこ》』や『国民の友』『新著百種』などの新刊を借りては、むさぼるように読んだ。花袋は『国民の友』の女神がペンをもって立っている黄がかった表紙に新しい文学のにおいをかぎ、山田美妙の裸体の絵を口絵とした評判作「胡蝶《こちょう》」に驚いたが、それよりいっそう驚異の目をみはり、本物の文学にふれたと花袋を感激させたのは、二葉亭の「あひびき」であった。漢学や国学の粗大さとちがい「細かい不思議な叙述の仕方」は花袋の今まで知らないものであった。そしてこれからの文学は、こういう形で進んでいくであろうと花袋は考えた。

そしてまた、『新著百種』に載った尾崎紅葉の「二《に》人比《にんび》丘尼《くに》色懺悔《いろざんげ》」の親しい新しさに、「こういうものなら書けぬことはない。」という気をいだき、『柵草子《しがらみぞうし》』に掲載された森鷗外の「文づかい」(明二四・一)をみて、外国の香りを十分にふくんだおもしろさに、紅葉・露伴の古い日本の文学形式以外に行くべきところがあるのを知るのであった。このころから、花袋は漢詩・和歌とともに小説へも創作の気を見せはじめた。

これらの文学的雰《ふん》囲気のなかで、花袋は明治二十一年に詩文集『買山楼初集』を出した。これは友人の渡辺成文と武井山樵《さんしょう》が、花袋のつくった詩が五百に近く、文が百編ほどたまったのをみて本にすることをすすめたので、水戸の鈴木仙坡にその中から選んでもらい、詩八八、文五編を載せたものである、さきの『城沼四時雑詠』とくらべると非常な進歩のあとを示しており、花袋の才能とその間の努力がうかがわれる作品である。花袋が後年、多くの批評家から、

「自己の凡庸《ぼんよう》な才能をひたすらに自己の熱愛した文学に傾け、いちずに精魂を傾けて追求する努力によって、第一級の作家、非凡な作家にたてられるところまで衆にぬきんでることができた。」

（瀬沼茂樹）

といわれるのは、この二作をくらべてもいえるであろう。『買山楼初集』とおなじころに『田園雑興詩』という詩集を出したらしいが今日残っていないために、はっきりしたことはわかっていない。

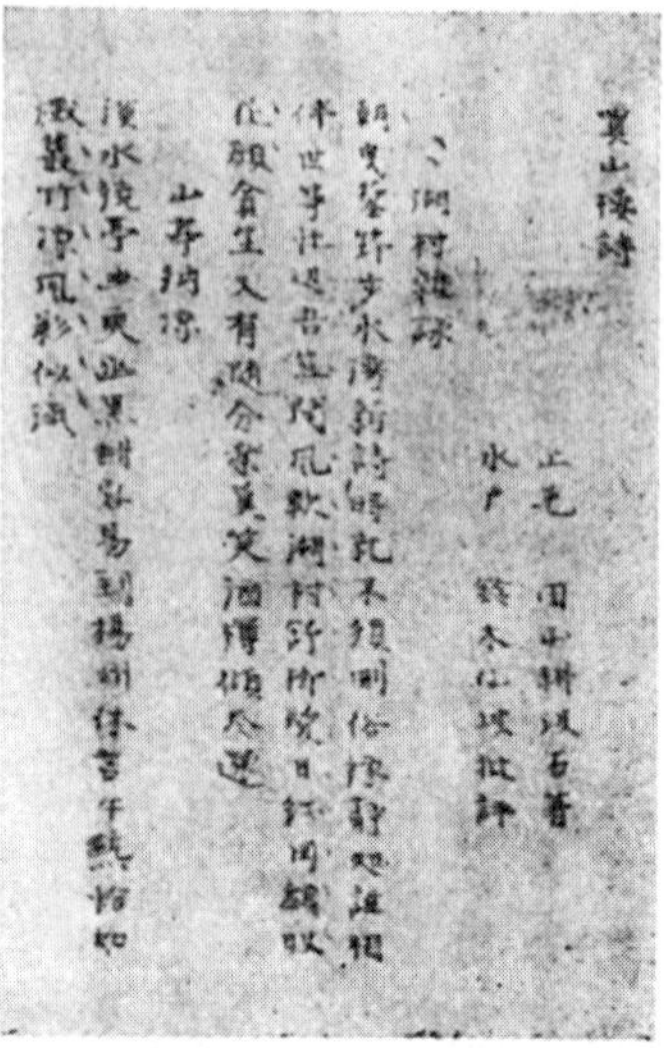

花袋詩文集　『買山楼初集』

桂園派

花袋は英語を学ぶかたわら、桂園派《けいえんは》の歌人松浦辰男について和歌を学びはじめた。明治二十二（一八八九）年ごろからである。明治会学館で桜井信行という一青年と友人となったが、かれも『穎才新誌』の投書家であり、のちには日本法律学校にもともに入学した仲であった。桜井は新刊本や雑誌をよく読んでいたが、和歌もよみ、まずいけれども非常に好きであった。花袋も前から和歌をつくって

いたが、桜井と知り合ってからはますます興味を覚え、二人で見せ合ったりしていたが、たまたま兄の勤めている修史局に松浦がいるのを知り、その教えをうけるようになった。このころ和歌の結社としては、佐佐木弘綱《ひろつな》・信綱《のぶつな》父子の竹柏園《ちくはくえん》が盛んなときであった。松浦は生活のために修史局に勤め、下級官史に甘んじていたが、香川景樹《かがわかげき》の子景恒《かげつね》の門下で、その教えをただひと筋に歩んだ人であった。かれの和歌の根本の思想は、「歌は作るものにあらず、調ぶるものなり」であった。花袋は松浦の教えに深く感動し、折あるごとに友人をつれていってともにその教えをうけさせた。これらの友人の多くは竹柏園に学んでいた。

「私の芸術の Realistic tendency の大部分は、実に先生の歌論から得たと言っても差支ない。私は歌によつて芸術の深いところに入っていった。」

と花袋はいい、かれの文学の七、八分は松浦の人格——現実には下級官吏でありながらも、精神的には和歌という広大な、悠々《ゆうゆう》たる世界を持っている人間のスケールの大きなことを感じさせる——と、その歌論——『詠歌十訓』を中心としたもの——からえたものであり、それは紅葉・鷗外、そして外国の作家のツルゲーネフ・ドオデエ・ゾラなどからうけたものより数段大きなものである、といっている。そうして、

「私は先生の魂の一部を受けたものの一人であることをうれしく思う。」

と、感謝の言葉をもらしている。

こうして松浦の教えによって和歌の深奥にふれるとともに歌書にも親しみをもち、熊谷直好の『浦のしほ貝』のさびしいなかに、明るい平面的な印象を与えるこの本に強くひかれ、終生座右の書とするのであった。

る。そして、こまかなことに趣味を発見し、楽しむという花袋の気質は、この本の感化であった、と述懐している。

師と呼ぶ人々

前に書いたように、花袋の師と仰ぐ人には、兄の実弥登・吉田陋軒《ろうけん》・野島金八郎・松浦辰男などがあげられるが、ここで兄の影響についてもう少しふれてみたい。

実弥登の文学的才能は、かなり高く評価されており、花袋よりむしろ文才があったのではないか、とまでいわれている。ただ、環境的に自分の才能をのばすことのできない不運な人であった。かれは包荒塾で漢学を学び、岡谷繁実から歴史学を学んでいたが、この歴史学は後年の花袋に大きな影響を与えている。著書として『館林藩国事鞅掌録《おうしょうろく》』や『埋れ木《うもぎ》』「安政震災史」（未刊）などがある。「文学者としての花袋の第一の師、花袋の文学者としての資質を強め育て、それをともかく文学という形式で花を咲かせるところまでもっていった」（柳田　泉）のは兄の力であった。

兄は花袋が館林にいるときは、帰省するたびに漢文・漢詩・和歌などを教えてくれたが、上京してからは、役所から帰ってくると、毎日夕食前にかならず花袋と弟の富弥を机の前にすわらせて勉強を教えるのであった。ふだんはやさしいおとなしい兄であったが、そのときだけはきびしく、つねに長いきせるをかたわらにおいて、一度、教えたことを覚えていないと、それでぴしゃぴしゃ打つというスパルタ式であった。この毎日の行事が終わらないうちは絶対食事にさせなかった。勉強好きな花袋はそれほど叱《しか》られることはなかったが、まだ小さい富弥は空腹としかられるのがこわいのとで、泣き出すこともたびたびだったという。そのため母は、二人の弟をかわいそうに思い、そんなにまでしなくとも、とぐちをいい、兄が結婚してからはその嫁にあたるというふうであった。兄にしてみれば、自分の果たせなかった夢をどうしても弟に実現してほしいという切なる願いがこういうきびしい態度をとらせたのであろう。一日も早く社会に出、家計を助けてほしい状況にありながらも、花袋に学問を続けさせてくれたのはそれだからであろう。この兄の口から功名の念を吹きこまれ、独立自尊の精神をも鼓吹《こすい》されたのであった。

兄とちがった意味で、上野図書館で知り合った高瀬《たかせ》文淵《ぶんえん》も、花袋文学形成のうえで見のがすことのできない一人である。文淵も図書館を根城として勉強していたが、かれは花袋が来るのを見ると笑いながら手をあげて招き、いろいろな文壇の話、文学の話をきかせるのであった。文淵は江見《えみ》水蔭《すいいん》の友人でもあったが、どちらかといえば硯友社文学を否定し、二葉亭をほめ、鷗外をほめ、一葉をほめた。かれはどこに住んでいるかも教えず、ちょうど『罪と罰』のラスコリニコフのような生活をしていた。一時『新文壇』という雑誌を出したが、花袋の発表機関ともいうべき水蔭主宰の『小桜縅《こざくらおどし》』が廃刊になったとき『新文壇』がおもにその発表機関ともなった。花袋は「ロシアの小説の中に出て来る老書生」のような文淵を不思議の目をもってみつめていた。花袋は次のようにいっている。

「私が氏から鼓吹された文学的感化は、それは実に予想外に深かった。哲学に深く、国学に深い氏の話は、私に常に種々な深い研究心を起させた。丁度『罪と罰』のラスコリニコフのような生活をしていた。」

（『東京の三十年』）

自然のなかから生まれた文学

花袋文学を考えるうえで、多くの師と呼ぶ人々とともに忘れることのできないのは、故郷館林に象徴される自然である。自然を愛する花袋から、旅行家花袋が生まれ、各種の紀行文が生まれるのだった。蒲原有明《かんばらありあけ》は、

「花袋君が生得《しょうとく》の詩人であったこと（略）、それは確かに花袋君の出発点であった。」

といっているが、花袋の詩が、自然をうたいたたえることから作られたのを考えると、自然は花袋文学発生の母体であるともいえよう。

花袋に自然美をめざめさせたのは館林の風景であったが、それは城沼・つつじが丘・城の三つに代表される。かれの生家は城沼にのぞみ、つつじが丘が目の前に見え、そして館林城まで数分とかからないところにあった。

沼にはたくさんの追憶がある。あぶないから沼の近くにいってはいけないと、いつも母から注意されていながらもよくでかけ、沼につないである小舟の中にござをしいて、そこにいろいろな花や草をつんできたのをならべては遊んだ。あるときは、風の強く吹く日、一人で向こう岸まで行こうと、舟に乗ってあやうく死にかけたこともあった。おばあさんは、沼には恐ろしい怪鳥が住んでいるといつもいっていた。楽しく、そして恐ろしい、神秘的な思い出をもつ沼も、かれの成長とともに変化し、「秋霧朝の風になごりなくはれて、

城沼の水一帯の藍を曳《ひき》たる」ような景色を見、その美しさをただ見すごしてしまうのが残念で、詩に書きのこしてみようという気を起こさせるのであった。花袋の第一詩集として『城沼四時雑詠』という名がつけられたのもこの影響の大きさを示していよう。城沼も時代とともに変貌したが、花袋はこれを悲しみ、

　田とすかれ畑とうたれてよしきりのすまずなりたる沼ぞかなしき

とうたっている。

　この城沼と一対《つい》をなしているつつじが丘の伝説も、祖母はまた話してくれた。昔、名高かったある武将が、美しい姫の愛の心に、ひかれたため、乾坤一擲《けんこんいってき》の覇業《はぎょう》をめちゃくちゃにしてしまったが、その姫の愛した木が紅い花のさくつつじであったという。このつつじが丘の歴史は古く江戸時代からあったらしい。雪の降った朝の丘、沼にうつるつつじの花、それもまた花袋の忘れることのできない景色であった。

　これらの二つとちがった意味で、館林城もまた記憶に残されていた。城の濠《ほり》の土手に、何百年とたった古い松の大樹がなびきわたったなかに、優雅ともいえる姿を見せていた城は、殿様に離れ、世禄に離れ、権力に離れた、士族の唯一《ゆいいつ》の心のよりどころであったが、明治七（一八七四）年三月五日、館林大火のときに焼失した。「其《その》火事は封建時代の栄華の最

花袋の生家に近い城沼

館林つつじが丘公園にある　花袋の像

後をとぼし尽したようなものであった」という。花袋の頭の中には、母から聞いた城の美しい姿が自然に築かれていき、城址であそぶかれを夢の世界にさそうこともたびたびであった。上京してからも花袋は何度か帰省しているが、それは旧友に会うためだけでなく、故郷の自然を忘れかねたからであろう。かれは少しでも小《こ》遣《つか》いがたまるとまちかねたように旅に出た。そして露伴が『露団々』を書いた金で、野州から木曽の山中まで旅行したという話は、かれを非常にうらやましがらせた。

　明治二十二(一八八九)年八月館林に帰省し、そのついでに日光まで足をのばして照尊院に宿をとった。このときに「探勝日記」を書いた。それいらい、花袋は日光が気にいり、創作に思索にこの地を利用するのであった。かれはこの旅で旧友の小林一意と会い、そこで聞いた話をもとにして「秋の夕」という小説を書いたという。花袋は自分の旅行癖《へき》について

「私には孤独を好む性が昔からあつた。いろいろな懊悩《おうのう》、いろいろな煩悶、さういふものに苦しめられると、私はいつもそれを振切つて旅へ出た。それにしても旅は何んなに、私に生き生きしたものを与へたであらうか。旅に出さへすると、私はいつも本当の私となつた。私が紀行文家として認められたのは太陽に『日光の奥』といふ一文を寄せてからであつた。」(『東京の三十年』)と語っている。

花袋の紀行文は定評があり、小説家としてよりも紀行文家としてのほうが重きを置かれているといっても過言ではない。尾崎紅葉にしても、大橋乙羽《おとわ》にしても、花袋の作品では小説よりも紀行文のほうを買っていた。芥川龍之介も、小説家・思想家としての花袋は、すこしも本質的なものだとは考えていないが、紀行文家としては第一人者であるといっている。そして、紀行文を書いているときの花袋は、青い草をえた驢馬《ろば》のように純真無垢《むく》であったといっている。「感傷的風景画家」というのが芥川が花袋につけたあだなであった。花袋がはじめて書いた紀行文は明治二十(一八八七)年七月、十六歳のときの館林帰省を書いた「館林紀行」である。

こうした紅葉・乙羽・芥川の評価は、一面、当たってはいるけれどもけっして肯定できるものではない。やはり花袋の後世に残る作品としては小説のなかから選ばれるべきであろう。

文学への出発

漢文から漢詩・和歌、そして紀行文・小説としだいに文学にふれて行きながらも、このころの花袋の胸には文学者として世に立つという気持ちはなかった。文学は好きなものである。好きなことを職業として生きることができれば、それにすぎるしあわせはない。しかし現実に目をむけたとき、文学者として生きるには当時の社会では生活を度外視しなければならなかった。財産もないのに文士になろうというのは、とんでもない心得ちがいで、どうしてもなりたいときには片手間に教師となるか、新聞や雑誌の記者となるか、本屋の番頭になるかして、そのほうで生活をしなければならなかった。紅葉や露伴ほどになっても生活は非常に苦しい時代であった。ましてや地位、名声は望むべくもなかった。逍遙・鷗外・紅葉または二葉亭などによって、文学の世間的評価は上がったかにみえたが、まだまだ文学者は社会の余計者であった。当時の役者が河原乞食《かわらこじき》であると同様に、文学者もまた余計者であった。

花袋は法律家への道を選び、明治二十三（一八九〇）年日本法律学校（現在の日本大学の前身）に入学した。この入学に対しては、家族の花袋にかける期待の大きなものを思わせるものがある。このまま無事に卒業できれば、花袋の青春時代もそれほどみじめなものにならなかったであろうが、花袋はよくよく学校に縁のない男であった。入学して数か月にして退学せざるをえなくなったのである。弟の富弥が腸チフスにかかり、それがなおらぬうちに、花袋が続いて同じ病気で倒れたからであった。ただでさえ貧しい生活であるのに、二人も病気になったのではもう学校の月謝を払うどころでなく、いつのまにか退学になってしまったのである。この年ほど花袋にとって人生が暗かったことはなかった。

花袋はようやく病気がなおりかけたからだを縁側に横たえながら、将来のことを思い暗い心になるのであった。このころ、家庭の中もただ貧しいだけでなく、母と兄嫁との間にはげしい争いが続いていた。母は、東京に出てくれれば楽しい生活ができると思っていたが、下級官吏の実弥登の給料では、そんな母の心を満足させることはできなかったうえに、実弥登が結婚することによって、自分がのけものにされたようなさびしさを覚え、いままで田舎で一家を支えてきた苦しい生活の中から生じた偏屈な性格が出て、まわりの人と争いばかりしていた。ましてこのとき、兄は官制の改革で役所をやめさせられたため、ふたたび岡谷の世話で

旧藩主秋元子爵《ししやく》のところに勤めはじめたばかりであった。そんななかでブラブラしている花袋に、母は、

「いつまで遊んでいるんだか、宅の録も……どこにでも出て五円でも十円でも取つてくればいいのに、……」

とぐちをいうのであった。こうした暗い生活の中で嫂《あによめ》は妊娠したが、心労がもとで子を生むとまもなく息をひきとった。このころのかれの生活はまさに「涙・涙・涙」の生活であった。かれは暗い室のすみにある机にふしてよく涙を流した。思いのままにならぬ涙、嫂の不意の死に対する涙、社会に出、いち早く成功した人をうらやむ涙、家計の苦しさを悲しむ涙、あせってもあせっても自己の力のたりないのを悲しむ涙であった。髪を長くのばし、色があおく、神経性なやせた顔をしながら、文学に進むことを決心したかれは、すでにぎりぎりのところまで追いつめられたすえであった。このとき家は、納戸《なんど》町から同じ牛込区の甲良《こうら》町に移った。家賃が安かったからだという。

この出発点で、他の浪漫主義作家、ないしは自然主義作家の北村透谷や島崎藤村などが、俗世間に絶望し文学に走ったのとちがい、花袋は文学を、追いつめられたすえの生活の糧《かて》としてえらんだのであった。このちがいがのちのちまでかれらと花袋との文学の相違としてあらわれてくるのである。しかし花袋のこのような文学へのはいり方は、仕方がないから文学者となったというのではなく、前々から文学者として生きることを望んでいたのであるが、生活という点でそれを第一とすることができなかった、ということなのである。

文学を一生の仕事とせざるをえなくなった花袋は、文壇に出るには小説でなくてはいけないと考え、詩を

勉強するかたわら小説へも筆を染めるのであった。明治会学館からいっしょに日本法律学校に入学した花袋と桜井俊行は、この学校時代に『青絹草紙』という本を出し、それに合作小説「あやにしき」というのを書いたといわれている。残念なことに、この小説は現在残っていない。幻の処女作といわれるゆえんである。花袋の作品で最も古いので残っているのは、明治二十三年八月館林に帰省し、姉の嫁ぎ先の小倉家で、小学時代の友人で『城沼四時雑詠』のさし絵をかいた小林一意に会い、かれの話からヒントをえて書いた「秋の夕」である。これは言文一致体の戯文調をまじえたものであった。これを書いたときの花袋は筆をとったきり離さず、飯も忘れ、寝るのを忘れて書いたという。花袋の処女作はこの二作のうちのどちらかであるといわれているが、正確なことはわかっていない。

桜井と花袋を中心として、しだいに文学論をたたかわす仲間がふえてきた。それはおもに『穎才新誌』に投書する夢多き若者たちであった。花袋はこのころでは『穎才新誌』の常連となっていて、仲間の間ではかなり名も知られ、雑誌社から頼まれて「日本俊傑逸事《にほんしゅんけついつじ》」という二十回近い連載読み物を書いたりしていた。

誌友仲間

「学問や、努力もむろん大切だつたが、友人関係が一番私に有益であつたと思ふ」と花袋自身がいっているように、『穎才新誌』を通じて多くの友人をえた。明治二十三年三月に『穎才新誌』の投書家懇親会が上野の無極庵《むきょくあん》で開かれた。かれにも通知があったので出かけていった。来会者は三十人あまりであったが、花袋と他二、三人が投書家の古参であるという理由でその会の幹事に選ばれた。

花袋（後列右、明治29年、26歳）前列左から太田玉茗、宮崎湖処子、国木田独歩、後列左柳田国男

そのうちの一人が花袋の終生の友となり、のちに義兄ともなった太田《おおた》玉茗《ぎょくめい》であった。

玉茗は、本名を太田玄綱といい、初めは伊藤姓であったが、幼くして禅宗の門に入り太田姓を名のった。宗教の雰囲気《ふんいき》のなかに育ったからであろうか、物に執着しない性質で、若い青年のなかでも、つねにきわだって眼につく人物であった。明治二十年代末から三十年代にかけては抒情詩派のひとりとして詩壇で活躍していたが、このころの玉茗は、雑誌に哲学的・宗教的論文を発表していた。花袋は玉茗を論文から、こわい人かと想像していたのであるが、会ってみたら柔和なおとなしい人なのでびっくりした、といっている。花袋が玉茗の妹をのちに妻に迎えるについてもこの兄の性質、文学に対する深い心に引かれたからであることも一要因であった。

そしてこの翌年、当時十四、五歳でありながら、非常な秀才のほまれ高い友人松岡国男（のちに柳田国男）と知り合った。

「この友と交を結びたるは、かれは十五歳、我は二十歳の秋の頃にて最早や六年の日月を閲《けみ》したりき。われはこの間にこの友の美しき精神と、すぐれたる希望と、燃ゆるが如き狂熱とを有せるを見て、幾度われ及ばずの嘆きを発したりけむ。（略）芳雄（注、柳田国男）は十六歳の夏高等学校に陞《あが》り、われは二十三歳の春より覚束なくも独り文筆の社会に、おのが身を投ぜんものと思ひ定めき。」（「かた帆」）

花袋の不平・不満や失望は柳田によって慰められ、力づけられるのであった。柳田国男が花袋の数多い他の友人たちともっともちがっている点は、かれの社会的地位が高いということであった。士族の出身ということがつねに頭にあった花袋は、身分的なものに対する尊敬の念が非常に強かった。だからこそ花袋は柳田国男を「畏友」として交際していたのであった。

このグループのひとりに太田春山という、易者を業としている三十二、三歳の得体のわからないかわり者の男がいた。あるとき春山が花袋の運勢をみて、

「君は好い、君は努力さへすれば立派な出世ができる。拘泥《こうでい》するところがない。」

といったという。かれらは「恋と文学とを一緒にして、そして美しい夢を見て居る青年の群であった。」

恋愛詩人

青年に、まして文学青年に恋はつきものといっても、花袋ほど恋を恋した者はいなかったであろう。花袋を題材として「恋愛詩人」「失恋詩人」という題の小説が、他の作家によって書かれているのをみても推測できるであろう。花袋はかれの周囲に出現するほとんどの女性に恋をしたといってもいいすぎでないほど、ほれっぽい性質であった。

「女というものが目につき始めたのも、その頃からであつた。」

と花袋がいっているのは、明治十八年ごろからであった。その花袋がもっとも長い間恋し続け、ついに片思いのままに終わった一人に、南条貞子という女性がいた。「色は浅黒かったが、背のすらりとした、性質の快活な、学問のできる女」である彼女は、旧館林藩家老の娘であり、花袋の年下の友人、南条金雄の姉で、花袋より一歳年上であった。花袋が漢詩をつくりだした動機の一つとして「恋の相手の貞子さんにほめてもらいたい」気持ちがあったといい、自分の作った漢詩をわざと女の前に落としたりした。貞子は、女学校卒業後、一家で上京し神田小川町に住んだ。そして、となりが佐佐木信綱の邸宅であったので、竹柏園で和歌の指導をうけた。花袋は彼女の顔が見たくなると、その家の前を行ったりきたりして生垣のすきまからのぞいたりしたが、たまたま途中で会っても、あいさつすらできないで、顔を赤くして横をむいて見ないようにして、こそこそと通りすぎるというふうであった。かれは自分が知事になって、その娘が令夫人で、いっしょに馬車に乗って故郷に帰る夢などを見たという。花袋は上京後も貞子のことを思い続けていたが、内気なかれは心の思いを打ちあけることができなかった。貞子は竹柏園に通ううちに、同じ竹柏園に通っていた人からも熱烈に思われ、歌になどうたわれたりしたが、貞子自身それに気付くことなく、平凡な結婚をしたという。花袋が十六、七歳のころのことである。

貞子のおもかげがうすれると、入れかわりに花袋の心を占領しだしたのは、花袋の家の家主の娘で、その姿はこれからずっと長い間、花袋が妻を持つまでつねに頭にからみついているのだった。娘の父親というのは、毎年みごとな菊をつくるのを楽しみとしているのであるが、その娘の名は菊子といい、十六、七歳であった。花袋は菊子を歌にもうたい「小詩人」という小説にも書いている。

わが庭の菊見るたびに牛込のかきねこひしくおもほゆるかな

花袋は、この娘への思いがつのり、琴のけいこに通う道をつけていき、そしてまた帰ってくるのを木陰で待っていたこともあった。それほど思っても、かれは自分の思いを打ちあけることはできなかった。かれの恋はすべて片恋であった。たった一度告白したのが妻に恋したときだけであった。花袋は「僕の片恋」の中で、「私の作の幾部分——は片恋の感化だ」といっている。花袋のこの恋にあこがれる気質は終生かわることなく続いているが、作品にもそれはあらわれている。

文壇へ――狭き門をたたいて

紅葉訪問

文学で立つと決心しても、花袋の心は依然として暗かった。苦しい生活を目前にみながら、文学をするといって働きもせずに、大きなからだで一日中机の前にすわって、青白い顔をして一銭にもならないものを書いている花袋を、母はろくでなしとののしり、早く働くようにとせっつくのであった。

花袋は毎日ある歴史家のところに行って、写字の仕事をして得るわずかの報酬を小遣《こづか》いにしながら黙々と苦しさに耐え、ひたすら文学の道を歩み続けるのであった。かれの頭には働きながら文学を学ぶという考えは少しもなかった。ひとつのことを思いこむと、わき目もふらず突進する性質は、後年になっても少しもかわらなかったが、このときにもよく現われている。かれはただ自分の原稿が、うまかろうがまずかろうが、そんなことはかまわない。また売れようが売れまいが、そんなことは問わない。とにかく書くことだけが残された道であると思いこみ、毎月二つないし三つの短編を書き続けるのであった。すべての苦しみを忘れさせてくれるのは、書くこと以外にないというはげしい創作意欲にかられた花袋は、

「傑作・傑作を書かずには置かない。」

尾崎紅葉

という叫びが心中にあふれていた。そうして書かれた短編は、みるみるうちに机のひきだしにあまるほどになった。学校を退学になったかれの勉強場所は上野図書館に移り、一時は毎日のように弁当を持って通った。こうして毎日の生活のすべてを創作にかけていればいるほど、文壇に出、世間に認められたいというあせりはますます強くなっていった。しかし『穎才新誌』だけを唯一の発表機関としているかれには、文学者にだれも力になってくれるような知り合いはなかった。いろいろ思い悩んだあげく、

「私も矢張大家の許に最初の手紙を書く一文学書生であった。」

というように、牛込横寺町にすむ尾崎紅葉に手紙を出したのであった。花袋には自分より四つか五つ年上で、それでいて日本文壇の権威といわれる紅葉に手紙を出すのはくやしかったが、そんなことはいっていられないほど窮境にいたのであった。

このころの文壇は、紅葉のひきいる硯友社派、坪内逍遥を頭領とした、早稲田《わせだ》の学生が中心の早稲田派、鷗外を中心とした千駄木《せんだぎ》派、徳富蘇峰の民友社派、正岡子規の短歌を中心とした根岸派、そして女学雑誌派と別れていた。花袋は二葉亭にひかれ、千駄木派のまじめな評論と西洋文学をいちはやく移入する態度に新しい時代を感じ尊敬していたのであったが、しかし創作の天下は硯友社に占められていた。春陽堂・博文館

の出版社をしたがえた紅葉の力はたいへんなものであった。花袋はけっして紅葉の作品を尊敬していたわけではなく、むしろ英語の師である野島も、これからの文学は式亭三馬・西鶴の空気をすったものではなく西洋文学を取りいれたものとなると教えたし、また高瀬文淵にしても、硯友社はこれからの文学ではないといっていたのであったが、そんなことはいっていられなかった。紅葉がまだ牛込北町にいたころ、花袋は納戸町にいたので、つねに北町を通っていた。花袋ははじめ紅葉が住んでいるとは知らなかったのであったが、桜井からいわれてある日それとなく注意して歩いてみると、長屋と長屋の間の小さな門をずっとはいったところに、「硯友社、尾崎徳太郎」と書いた表札がかかっていた。それを見たとき花袋は、

「ははあ、ここにいるんだな。」

と胸をとどろかすのであった。

花袋は紅葉に手紙を出してから不安と期待で待っていたが、紅葉からはすぐに返事がきた。紅葉はこれまで硯友社の機関雑誌として『我楽多文庫』『文庫』『江戸紫』と出してきた。どれも長く続かなかったが、ふたたび新進作家のための舞台として会員組織の雑誌をつくることを計画していた。社名も硯友社でなく成春社とし、誌名は『千紫《せんし》万紅《ばんこう》』とした。主筆に石橋思《し》案《あん》、編集に巌谷《いわや》小波《さざなみ》・江見水蔭・川上眉《び》山《ざん》、補助が尾崎紅葉であったが、実際には紅葉の編集で、庶務を水蔭が受けもっていた。この会は一か月十銭を納めれば「文学篤志家は何人も論ぜず入社する事を得」るのが規約であった。花袋が手紙を出したときは、たまたまこの時期であったので、普通だったら入門の手紙などは握りつぶされ、紙くずかごに投げこまれてしまうの

であろうが、紅葉は成春社の規約の印刷物を送ってよこし、会員になるようにといってきた。やっと一条の光を見たように花袋は喜び、その一、二日あと、キャラコの三紋の黒の羽織か何かを着、すりへらした下駄をはいて紅葉の家を訪問した。明治二十四（一八九一）年五月二十四日、新緑がさわやかに日の光に輝くころであった。紅葉は江戸っ子らしい気さくなようすで、花袋とともに西鶴を語り、ゾラを語った。「私はさぞ生意気な文学書生に見えたであろう」というほど、われをわすれて一時間ほど話し合った。紅葉についての最初の印象は「好い感じ」であったという。紅葉は花袋が帰るとき、

「柳ちる千筋となでし黒髪を」

という俳句を書いてくれた。このとき、江見水蔭を訪れるようにと紹介してくれた。

小説家田山花袋の誕生

花袋は翌日、江見水蔭を訪れた。当時すでに水蔭は硯友社派の新進作家として売り出していたが、のちに花袋が小説家として認められた陰に水蔭の力を見のがすことはできない。水蔭は、いつも袴《はかま》を穿《は》いて、セカセカして、感心にまじめな青年である花袋をいろいろと指導してくれた。水蔭と花袋には幼くして父に死別したという悲しみと、「硯友社中の自然詩人」（宮崎湖処子）という共通のものがあったため、たちまち親しくなった。花袋は二度目に紅葉を訪れたとき、『北越雪譜』のなかにある話を材料にして「雪仏」という小説を書いたのをもっていった。紅葉はこれを見て、

「矢張文章だつて、調子といふものがあるからね。詩のやうに、五七とか七五とかいふ規則はないにして

も、矢張リズムがあるからね……」

といって、この作を一笑に付したという。その後、花袋はたびたび紅葉をたずねたため、いそがしい紅葉はめんどうくさくなったらしく、門前払いをくわせることが多くなった。

　紅葉から突きはなされたこともあってか、花袋は水蔭と知り合いになると、ほとんど毎日のようにきて、創作を示し、批評を乞《こ》うのであった。こんな二人をみて、硯友社の同人たちは「水蔭に弟子《でし》ができた。」とかげぐちをきいたりした。花袋は最初「神爵子《しんしゃくし》」という号で西鶴の『好色一代女』の老女の隠家《かくれが》の場をほとんどそのまま写してもってきて、水蔭に見せたという。水蔭はそのあさはかな行為に驚き、またそんなことをすると、一生文壇から相手にされなくなると花袋に忠告したというが、これは花袋が、意識して西鶴の剽窃をしようと考えたのではなく、一日も早く文壇に出たいというあせりが、こんな結果を招いたのであろう。

江見水蔭

　水蔭は花袋より三歳しか年上でなかったせいか、花袋を門人扱いとはしないで、友人としてつきあい「とにかくこの特別の門生的友人待遇の最初の者は、田山花袋なので、同人の創作を世に紹介するためには出来得る限り力を尽した」のであった。この結果、明治二十四（一八九一）年十月『千紫万紅』の五号に「瓜畑」が「古《こ》桐軒《どうけん》主人」という号で載せられた。紅葉と、その門人をうらやみ、

不健康に青白い顔をしている自分の髪をかきむしりながら、

「今に、今におれだって豪くなる……。豪くなる。……日本文壇の権威になってみせる。」

と決意した花袋の執念がようやくその入口にまでたどりついたのであった。そして、一月号（明二五・一）に「寺の秋」、三月号（明二五・三）に「山家水《やまがのみず》」と続いて掲載された。この「山家水」については花袋ににがい思い出があった。それは二十四年の末に、読売新聞の校正課から、紅葉に無断で、水蔭に新年の紙面に掲載する小説を求めてきたので、かれは花袋に話し「山家水」を送ったのであった。それは新年初摺《はつず》りの予告にも出たのであったが、急に途中で中止となった。それは、当時、紅葉が読売新聞の文芸部主任であったのに自分に無断で「無名作家の物を初摺りに載せるなんて以《もっ》ての外《ほか》だ」と怒ったためであった。花袋は非常に喜んでいただけに失望も大きかった。この年の正月は花袋にとって暗い正月であった。ちょうど水蔭が年始まわりのため車を走らせていると、神田錦町の角のところで、綿服に小倉《こくら》の袴で、もとより外套《がいとう》もなく朴歯《ほうば》の下駄《げた》をはいた一書生が悄然《しょうぜん》として来るのに出会った。それが花袋であったという。花袋が後年、紅葉の世話になりながらあまりよくいわないのも、このころに端を発しているのかもしれない。

二十五年三月、和歌をともに松浦辰男に学んでいたことから知り合いとなった宮崎湖処子の世話で、花袋は『国民新聞』に「落花村」を掲載した。『国民新聞』は徳富蘇峰の創刊した日刊新聞であるが、平民主義の立場に立って政治・社会を論ずるとともに、文学の分野でも重要視されていた新聞であっただけに、花袋は気負って書いたのであるが、そのわりには世人の口にはのぼらなかった。このときかれははじめて「花袋」の号を用いたのであるが、これは柳亭種彦《りゅうていたねひこ》の「用捨箱」のなかから「はなぶくろ」の字を見いだし、かれが前から考えていた花瓶の意味をあてて「花袋」としたのであった。かれらしいロマンチックな、そして田・山・花という自然をふんだんにとり入れた号である。十一月『都の花』に掲載した「新桜川」で、この号が「花岱」となっていたため、かれは非常に悲観したという。

花袋にとって文壇進出の唯一《ゆいいつ》の機関ともいうべき『千紫万紅』が明治二十五（一八九二）年七月に廃刊となったが、これとかわって新しく登場したのが江見水蔭の個人雑誌『小桜縅《こざくらおどし》』であった。水蔭は、この雑誌を発行する理由として、自由な舞台をえたいことと、

「世間に迂にして自己の切詰めた小天地の間に蟠《うずくま》りながら、文壇的には可《か》成《な》りの大望を有している一青年。自然美を感受する事は可成り敏感な無名文士。」

である花袋を文壇に送り出すことである、といっている。そして水蔭はこの雑誌を出すのに、花袋を唯一の相談相手とし、花袋も一生懸命手助けをするのであった。第一号に花袋は「秋社《あきまつり》」を載せたが、これを売りさばくために水蔭とともに車に積んで、本屋に配達してまわったという。花袋の「本当の意味において私の処女作」といわれてい

江見水蔭主筆の『小桜縅』

る「小詩人」は『小桜縅』の二十五年七月に、そのほとんど全部を占めて掲載されたものであった。水蔭と花袋の情熱が「小説家・田山花袋」を生み出したといっても過言ではあるまい。『小桜縅』が二十六（一八九三）年七月に廃刊となってからは、多くは『明治文庫』が花袋の発表の場となったが、しかしかれにとって本拠地を失ったことは大きな痛手であった。

明治二十六年四月、花袋は磐城《いわき》棚倉《たなぐら》にいる義兄石井攸をたずねたが、これは福島県棚倉町にある都々古別《つつこわけ》神社宮司八槻猷良《やつぎゆうりよう》の養子になる話のためであった。あれほど東京にあこがれ、文学に情熱をもやし続けていた花袋も、家計の貧しさと、文壇になかなか出られないということが、かれにこの養子の話に乗り気とさせ、わざわざ福島まで行ったのであった。しかしこの縁組は成立しなかった。このときのいきさつを書いたのが、明治二十八（一八九五）年十一月の『文芸倶楽部』に掲載された「小桃源《しようとうげん》」である。

原稿料

『小桜縅』廃刊後は、水蔭が博文館の『征清《せいしん》画談』の編集者になったので、花袋はそれを手伝ったり、それが終わると十月に水蔭は中央新聞社に入社したので、かれもいっしょに入社したりした。このころ花袋は『都の花』に載せた「新桜川」ではじめての原稿料七円五十銭をえた。作家として早く一人前にならなければと思いつつも、なれるだろうかと悩み続けていた花袋にとって、原稿料がもらえる作品が書けたということは、金額の多少にかかわらず、前途に明るい光を見い出した。翌年三月、博文館の『世界文庫』第八編に「コサック兵」を翻訳した。外国文学に深い興味をいだいていたかれは、丸善の二階にいっては、なるたけ安い本をさがして買ったりしていたが、ある日、トルストイの『コサック』という本が五十銭であるのを見つけたので買ったところ、非常に感動させられたので、そのことを水蔭に話した。水蔭は「一つ翻訳してみたまえ。」といって、博文館に紹介してくれた。喜んだ花袋は、自分の家の裏の大きな二階家が貸家になっていたのでそこを借りて、不完全な英語ではあるが、とにかくはじめての翻訳をしたのであった。そして三か月かかって六百枚の『コサック兵』ができ上がった。この翻訳料が三十円だったという。この年、おなじ博文館から『明治文庫』という小説集が出されるというので花袋にも話があった。かれは毎月二編ないし三編ずつ書きためておいた作品を渡した。これが二十五円であった。二十五円という金は、当時、小人数の家族がどうにか一か月生活できる金額であった。しかし、花袋は、

「三年かかって二十五円、これじゃとても駄目だ。とても文筆では身を立てることは出来ない。」

と考え、悲観し、どうかしなければいけないとあせるのであった。

「私はもう二十五だ。いつまで兄や親の脛《すね》ばかりかじつているわけにはいかない……。」

交　友

原稿料が安くとも、どうかしなければとあせっても、花袋には小説家となる以外の道は考えられなかった。花袋はしんぼう強く書いた。ただ書き、読み、学ぶというだけの毎日が続いた。このころかれはドイツ語を学びだした。依然として家は貧しく暗かったが、それを忘れさせてくれるのは文学であり、文学を仲立ちとした友だちであった。「小詩人」を『小桜縅』に出すころには文壇でのつきあい

にもなれてきた。

明治二十七（一八九四）年六月、『文学界』指導者で、当時一部の青年から最も尊敬されていた北村透谷が自殺した。ふだんから、透谷の文学に対する考え方、生き方に、硯友社の人々のなまぬるさとちがった真実味をみていた花袋は、その死をいたく悲しみ、くやみの歌一首、

世の中はたのしきものをあはれ君なにをいといてひとりゆきけん

を送った。これが『文学界』の人々とつきあう発端《ほったん》となったのである。

花袋は、紅葉の門をたたき、水蔭の指導をうけたのに、どうしても硯友社の人たちとうまくいかなかった。それは、花袋が紅葉の門下生にならないというので、とかく他人扱いされるということと、鏡花のほうがあとから入門したのにかれより先に紅葉に認められたということもあったろうが、しかし本質には両者の文学の基盤の相違が原因であった。西鶴などを手本としている硯友社と外国文学を基礎としている花袋との間では、硯友社側にいわせれば「バタ臭い」だけのものとして花袋文学を認めることはできなかったろうし、花袋にすれば「硯友社の態度では、とても将来の新しい文学を書くことは出来ない」と考えたであろう。それが硯友社の都会的雰囲気《ふんいき》と、花袋の田舎者《いなか》との差をますます大きくし、しだいに硯友社から心が離れていったのであった。そして新しい心のよりどころとして『文学界』ができ、島崎藤村・馬場孤蝶《こちょう》・平田禿木《とくぼく》・上田敏・戸川秋骨《しゅうこつ》などと知り合った。こうして『文学界』にも作品を発表するかたわら、『国民之友』の国木田独歩とも、宮崎湖処子を通じて知り合った。

性質が正反対の二人はかえって気があうのか、いちばん深くつきあう友人となった。独歩も花袋もわがままなところがあるのでよく「わがままのやりっこ」をしたという。花袋はたびたび独歩を渋谷の丘の上の家にたずね、人生を、文芸を、恋を、自然を語るのであった。花袋には、独歩は「悲しい彼、清い彼、純な彼、人なつっこい美しい感情をもった彼」であった。花袋が知り合ったときの独歩は、有島武郎の書いた『或る女』のモデルとして有名になった佐佐城信子との結婚に破れ、人一倍傷つきやすい感情だけに悲しみに打ちのめされているときであった。その傷心をいやすべく独歩と、小説家として立つにはもう一歩の努力の必要を感じ、専念文学修業をすることを決心した花袋とは、明治三十（一八九七）年四月二十日、日光の照尊院にこもったのであった。二人の共同生活は奇妙なものであった。独歩は、

「ひとつ運試しをやるかな。材料は沢山持つているし、腕は鳴るし、一挙にして文壇の奴等《やつら》を蹴《け》散らして見せる。」

といいながらも、あまり創作もしないで日光の町を出歩いたり、瞑想《めいそう》にふけったりしていた。花袋は長編を書く予定で、毎日毎日黙々と書き続け、疲れるとぐうぐう眠ってしまうのであった。花袋は皮肉屋の独歩の毒舌や鋭い言葉に、ややもすれば狂いそうな自分をおさえながらも、ここで二か月間「半僧生活の日光時代」を送った。この生活の間、独歩は「事実を書かねばだめだ、空想を捨てて事実を書け。」と、しきりに花袋に忠告するのであった。花袋はこの忠告を非常に感謝し、次のようにのべている。

「僕が今日、兎も角も自家の腹中をぶちまけて忌憚《きたん》ない告白をしうるに至つたのは、これがためである。」

自然主義時代の旗手

結婚

恋にあこがれ、恋の幻《まぼろし》を追い求めつづけた花袋が結婚したのは、明治三十二（一八九九）年二十八歳のときであった。相手は花袋の親友、太田玉茗の妹、伊藤リサである。花袋は玉茗の家にしばしば遊びに行くうちに、リサの大きな桃割れを結った頰《ほお》の豊かな、色の白い、背のあまり高くない、太った無邪気なようすに心をひかれていった。かれの心の内の悲しみをとかしてくれるような笑顔が無性に恋しかった。花袋は、リサのひくかすかな琴《こと》の音の余韻をささえたいために、夜々リサの家のまわりをうろついたり、リサを得なければいっそ南洋の植民地に漂泊しようというほどの熱烈な心をいだくのであった。

しかし玉茗の家では、リサを妻にと望む花袋の申し出に快くうなずいてくれなかった。その理由として、「リサはまだ年も若いし、裁縫も十分に稽古《けいこ》をさせていないし、ことに学問にかけてはなにもできないから」ということであった。しかし思いつめるたちの花袋は、何度ことわられても少しもあきらめず、ついに自分の意志を押し通したのであった。玉茗も親友のはげしい望みに応じ、気の進まぬ母とリサを説きふせるのであった。玉茗はリサに、

「花袋の処に嫁ぐなら、これから一生世話もして遣《や》るし、力にもなつて遣るが厭《いや》だと言ふなら、もう兄さ

んはお前が何うなろうが、一切構はんからね。」

とまでいったのであった。

はげしい恋の勝利が結婚であるとつね日ごろ夢みていた花袋は、この結婚も恋のすえであるという自己満足にひたっていたのであったが、実際には、リサは恋などとは思わず、ただ望まれるままに、そして兄の言葉を唯一《ゆいいつ》の心のよりどころとして嫁いできたのであった。愛する妻をえて、花袋は彼女をより愛らしい、教養ある理想の女性にしようと考えた。小説家の妻としてふさわしい、恋とか愛とか、悲哀とかの書いてある小説を理解できるようにと、花袋は熱い呼吸《いき》をふきかけながら語ってきかせるのであった。ロマンチストの花袋は、『源氏物語』における光源氏《ひかるげんじ》と紫上《むらさきのうえ》の理想的夫婦の姿を自分たちの上にも再現しようと考えたのかもしれない。しかし、リサには講談とか落語ならともかく、小説は少しも頭にはいらなかった。夫は、

花袋の妻リサ

「お前は小説など読んだことはないのか。」

といい、妻は、

「読んだことはありますけれど、小説はきらひですから」

という。夫婦は努力すべきもの、たがいに弱点を助け合っていくもの、と考えていた「疲れた理想追求者」花袋は、結婚生活に深い失望を覚えるのであった。自然の景色をめでる夫と、にぎやかな東京の街を好む妻とは、ど

こまでいっても夫は夫であり、妻は妻であるという理解し合えない者同志のさびしさを感じるのであった。花袋の恋は、時間とともに冷たい水をかけられ、じめじめとくすぶって消えてしまうのであった。そのうえ生活の心配があった。無一物で世に出た花袋は、リサと結婚してはじめて一家の主となった夜、いろいろのことが頭に浮かび、まんじりともできなかった。ぐずぐずすれば飢えがすぐ目前に迫ってきていた。

母の死

母の死後二か月目に出た『南船北馬』（明三二・八）の序文に、花袋は次のように記している

「父には幼くて別れにし身のよろずこの母をのみ力にして、われ等三人の兄弟の人並に世に出でつるも皆この母の恵みなるに、愚なるわが身の御霊《みたま》の前に捧ぐべき程の書もなきぞ、かへすぐも口惜き。」

明治三十二（一八九九）年八月十九日、花袋が結婚して半年後に母の死が訪れた。母の晩年のもようについては、花袋が母の「生涯に対する精魂を傾けた挽歌」ともいうべき「生」（明四一・四）にくわしく描かれているが、それは、苦悩の一生であった。

めまぐるしい時代の変遷のなかで、血のにじむ苦労をかさねながら老いた舅《しゅうと》と子どもをかかえ、とにかくも生きぬいてきた母に、一生涯神の恵みは与えられることなく世を去らねばならなかった。長兄との不和、嫁への不満、いつまでも文名のあがらぬ花袋へのたよりなさ、それらを目にするごとに、母の心の中に満たされない思いがあふれるのであった。

母の唯一《ゆいいつ》の楽しみは、末子の富弥の出世だけであった。富弥の快活な性格と、軍人というたのもしい職業、そこに母は慰めをみたのであった。富弥の軍服姿は、母に亡き夫のおもかげをしのばせた。夫が御前試合のとき、弓を射たりりしい姿、それは母の心の中で美しい絵として残されていたのであった。晩年、毎晩のように夫のかたみの杯《さかずき》でわずかの酒に口をしめらせた母、夫の遺品の髪の毛をだれにも知られず、生涯、肌身につけていた母、そこには花袋兄弟が苦しめられた、わがままな、気の強い、理不尽な母の姿はなく、悲しい日本の「女の一生」があるだけだった。花袋は母の不幸な一生にとめどない涙を流した。

母の死は花袋にとって悲しいことであったが、しかしかれはこれを契機として古い家族制度から脱出した。新しい思想にふれ、その実践を常に心がけていながらも、――花袋の場合、これは社会性という点では現われていない――その障害となっていたのが、「家」であり、「母」であった。母の恩を感ずれば感ずるほど、花袋は旧思想、家の重圧を感じ、ともすれば押しつぶされそうになるのであった。それが母の死によってのぞかれた。花袋に、自分で選んだ妻とともに新しい「家」をつくり、近代社会のにない手として世に出るときがおとずれた。花袋が待ち望んでいた時代であった。

しかし、古い「家」からの解放は、けっして花袋が想像していたような自由なものではなかった。「無」から出発し、ひとり一家の主となってつくった「新しい家」は、ことごとく目算をはずれ、自由というものが重い綱のなかに束縛され、牽制されてしまって、自分でも自分の身がどうにもこうにもならなくなったように思われる、新しい恐るべき「生活の係蹄《わな》」に陥るのであった。この年の九月、新声社から自伝的小説

『ふる郷』(明三二・九)を出したが、それは田舎の風物を背景とした小説を単行本で出したいので書いてくれるように、という注文で、当時まだ無名であった花袋に頼みにきたのであった。花袋はその幸運に喜んで書いたが、これが好評ですっかり自信をつけた。

博文館入社

泉鏡花・徳田秋声よりもはやく硯友社の門をくぐりながらも、その雰囲気になじむことができないために冷遇されていた花袋を江見水蔭とともになにかにつけて引き立て、力になってくれていた一人に渡辺乙羽《おとわ》がいた。渡辺は石橋思案の弟子《でし》として硯友社に加わり「露小袖」「霜夜の虫」などの小説を書いていたが、明治二十二年、博文館で『西鶴全集』を出すのにその校正を渡辺がしたが、それがときの館主大橋佐平の信用をえ、紅葉の媒酌で大橋の長女時子と結婚し、大橋乙羽と名を改めた。大橋は硯友社の出版を一手に引き受け、作家のためにいろいろの便宜をはかったりした。かれは花袋の窮状を見、それを助けるために博文館の編集員として入社するようすすめるのであった。

花袋は結婚し、家庭をもったものの、そしていちおうの世帯道具はそろえたものの、いつまでこうして生活していられるかわからないというほど、明日の目算さえたたない不安定な生活であったので、定収入のある博文館入社は願ったりかなったりの話であった。

大橋は、花袋の紀行文家としての才能を高く評価し、雑誌『中学世界』の主任であった上村左川の助手として編集を手伝わせるかたわら、花袋の著作をつぎつぎと出版する機会を与えてくれるのであった。花袋入社の二年ほど前に高山樗牛《ちょぎゅう》・長谷川天渓《てんけい》がともに博文館に入社し、雑誌『太陽』の編集に従事していた。

ロマンチックで人見知りする性質の花袋は、博文館でも終日編集室の机にへばりついていて、なかなか社の人々となじめなかった。社員はそんな花袋に「仙人」とか「聖人」とか、あるいは「厭世家」などのあだ名をつけた。花袋が社の連中となじめなかったのは、性質もあったがもう一つ、

「これでも聞こえた作家だ。」

という気持ちが花袋にあり、そこらにいるふつうの雑誌記者の群れとはちがうんだ、という誇りがじゃまをしたのであった。それが花袋をいっそう孤独にした。花袋は博文館に入社して安定した生活を獲得したにもかかわらず、毎日長い丸の内の濠端《ほりばた》の柳の下を通りながら、社をやめることのみ考え続けて通うのであった。花袋は明治三十三（一九〇〇）年の年を希望もなにもなく、筆をとろうとする勇気もなかったといっている。自由な生活になれてきた花袋にとって時間にしばられるサラリーマン生活が精神的にも、肉体的にも窮屈でしかたがなかったのであろう。

花袋の心中の不満、不平と別に、現実には、博文館に入社してからの花袋は非常に恵まれてきた。生活も豊かになり、編集のあいまに書いた小説もしだいに認められてきた。つまらぬ雑誌につまらぬ原稿を二十枚ほど書いて、りっぱな角風呂《ぶろ》が買えるほど花袋の小説に価値が出てきた。

「咲子（長女・礼子）の生まれた時と、二番目の男の子（長男・先蔵）の生まれた時を比べると僅《わず》か二、三年の間にかうも心も環境も違うものかと思はれた。勤（花袋）は洋服をつくつて着た。縞地《しまじ》の背広に縞

のズボン、冬服には焦茶色の羅紗の立派な外套が出来た。中折の帽子も、流行の色を選んで買つた。靴も深護謨《ふかごむ》を二足まで買つた。——かれは全く、汚れた旧い衣を脱いだ。」花袋の自信に満ちた生活はかれの行動にまであらわれ、生田葵山《いくたきざん》は以前会った花袋とはまったくことなった姿、「女性的で、他人の心に痛く触れるような言葉は力《つと》めて口にせず、挙動にしても消極的であったのが、そんな殻をぬぎ捨てて、思うさま大きく笑う声にさえきびきびした男性的の響きがある」と、驚きの言葉をもらしていた。

明治三十五（一九〇二）年五月『重右衛門の最後』を書いたが、これは花袋の精神的推移を如実《にょじつ》にみせた作品であった。かれは次のようにいっている。

「自分は曽《かつ》て、かう思つて居た。人世はいかに不調子であろうとも、人間はいかに醜悪であろうとも自分は天然といふ大きな慰籍者を有つて居る。天然といふやさしい美しい友を有つて居る。自分は天上の子であるとこう思つて居た。焉《いずくん》ぞ知らん。その親しい友、その大なる慰籍者は全く自分に背《そむ》き去つて、自分は全く地上の子となつて了はうとは！」（『太平洋』）

結婚によって、性の抑圧から解放された花袋は浪漫的傾向から離れ、自然主義的傾向へと移って行ったのである。このころ花袋は桐生悠々《きりゆうゆうゆう》と『太平洋』の編集をしていたが、毎号なにかしら誌上にその名をつらねていた。その一つに「西花余香《さいかよこう》」という外国文学を紹介する欄があったが、それから推すと、花袋はじつによく外国小説を読んでいる。かれは最初英文学からはいったのであるが、英文学の軽妙な文がかれの重苦しい性格とあわなかったためか、しだいに大陸文学に移っていった。そして明治三十六（一九〇三）年の『野の花』の序文で、花袋は一つの理論をうち出した。それは自然主義文学の夜明けをつげる声であるとともに旧文学への対抗でもあった。

兄の失職

母亡き後、花袋は定職をえたので、同番地のままではあるが、分家して兄のもとから独立、一戸をかまえた。兄の一家にも花袋にもそれぞれ新しい、しかしおだやかな時が過ぎていった。が、この平和も長くは続かなかった。兄が失職したのである。

兄は包荒塾を終えると、岡谷繁実の紹介で修史局に勤め、一時、免職になったこともあったが、官制改革とともにふたたび勤めたことは先にのべたが、この岡谷との関係が兄を職場から追いたてる結果を招いたのであった。

岡谷繁実は館林藩の重臣であり、維新のときには、藩にあって尊王攘夷への実践者として活躍した。新時代の動きを見ぬき、波乱が多いが充実した人生を送ってきた人であったが、晩年は歴史研究に心を傾けていた。田山家では代々岡谷氏の家来のようなかたちであり、祖父は岡谷の引き立てにより、一時は藩でもかなり上のほうまで勤めたのであった。その関係で、明治の新時代になっても岡谷に出入りしており、父も、父の妹のいゐ《いい》も奉公していた。

いゐは一度、嫁にいったが離婚となり、その後ずっと岡谷の家に勤めていた。正直な主家思いの女で、維新のとき、不遇であった岡谷とともに苦労をした仲であったが、その後、主家の家庭の紛争にまきこまれ、井戸に飛びこんで自らの命を断ったほど、気性の強い女でもあった。父の妹のまさとその夫の横田良太もその一生を岡谷に仕え、花袋の姉のいつも奉公していた。こういう形にあらわれたものでなくとも岡谷の影響は多かった。花袋をみてもそれはうかがえる。花袋は世間的な出世を非常に望んでいたが、それは岡谷を目標としたものであった。また後年、花袋が歴史小説に転じたのも、幼いころうけた岡谷の感化であろう。田山家の動静は岡谷とともにあるといっても過言ではなかった。森鷗外が、かつての藩主に時代がかわっても、年始のあいさつにいったり、またその子孫の後見人になったり、幼名をつけたりした、というようなのんきなものではなかった。

晩年を歴史研究に費やした岡谷は『皇朝編年史』という日本歴史書を出版した。ところが、この本をみて当時の帝国大学（今の東京大学）総長山川健次郎は、修史局でやっている『大日本編年史』と非常に似ており、岡谷の『皇朝編年史』は盗作であると断定し、岡谷を著作権法違反で告訴した。そして帝大側では、岡谷が『大日本編年史』を見るためには、その原本を修史局から持ち出した者がいるはずであると勝手に考え、その疑いを兄に向けたのであった。そのため兄は史料編纂員の職を追われる結果となった。兄にとって無実の罪であり、岡谷にしても『大日本編年史』からの盗用など身に覚えのないことであった。結局この裁判は、帝大側の告訴取り下げによって解決したが、それは兄の死後であった。

こうして兄が失職すると、その生活が全面的に花袋の肩にかかってきた。父の代わりとして幼いときから今日に至るまで、花袋を育ててくれた兄を、こんどは花袋が援助することになったのであった。花袋はできる範囲内で兄の力になった。しかし、それはあくまでも物質的な面のみであり、精神的にはなんら兄の心のささえとなってやることはできなかった。後年、多くの批評家ないしは藤村のような友人から、花袋は情の人ではあるが、知の人ではないといわれたが、それはこの兄の事件で如実に示されている。事件は明らかに帝大側の横車とわかっていながら、花袋はなんらそれに対して抗議もせず、また兄を弁護するような態度・行動もみせていない。政府とか、金持ちとか、大家とか、知識人とかに対すると知らず知らずのうちに卑屈になってしまう花袋、それは花袋の作品がすばらしければすばらしいほど、かれの社会に対する無抵抗な態度がくやまれるのであった。

明治三十六（一九〇三）年一月から、かれは山崎直方《なおかた》・佐藤伝蔵とともに『大日本地誌』の編集に着手した。これは社主の大橋邸の一室をその編集室とした、非常によい待遇で、多くの同僚からうらやましがられたものであった。

女弟子

花袋の『みやま鶯』（明三三・八）や『野の花』などの一連の美文小説は、しだいに読者の目をひき、いわゆる「ファン」というものも生まれてきた。そのうえ『中学世界』で文学志望の青年の投書作品を取り上げて批評していた花袋に、地方の崇拝者・渇仰者《かつごうしゃ》の手紙が舞い込むのもけっしてめずらしいことではなかった。岡田美知代もそういうファンの一人であった。ただ彼女が他の文学志望者と

岡田美知代

ちがうことは、女で、しかも妙齢の女で——当時文学を理解する女というのはまだめずらしかった——神戸女学院というミッション・スクールで厳格な教育をうけた上流家庭の娘である、ということであった。

花袋は、彼女からの手紙に対し、たんに文学好きな娘で、詩的な生涯が送りたいという考えだけでは文学者として生きることはできないことをさとし、文学をするのに「難《かた》きこと五」をあげて考えなおすように、と返事をした。しかし、花袋は美知代にかなり興味をいだいたらしく、——これには花袋の少女病が大きく作用していることと、以前から女子教育の向上を望んでいたために——最後には美知代の弟子《でし》入りを許し、鷗外の翻訳した『即興詩人』の本を送り、読後の感想を知らせるように、と書いてやるのであった。これ以後、美知代はたびたび手紙で花袋から教えをうけるのであった。そんな手紙の往復のうちに生来のロマンチストの花袋は、いつのまにかかれの心の中に美しい女弟子の映像《イメージ》をつくりあげているのであった。

明治三十七（一九〇四）年二月二十一日、遠い山国でひとり燃えたたせた文学への情熱をいだいて、岡田美知代は父とともに上京し、牛込北山伏町に住む花袋をたずねてきた。ちょうど次男の瑞穂《みずほ》の生まれた日であった。花袋の目に映った美知代は美しいというよりもむしろ引き付けられるというふうで、声といい、態度といい、表情といい、すべてがいきいきとしていて、明治の女学生の長所と短所——美しい理想を養うこと、虚栄心の高いこと――とを遺憾なく備えている女であった。三人の子の親となり、新婚の快楽などとうにさめ、妻にも子にも失望し、孤独感に陥り、身をおくに所のないほどのさびしさを感じる中年という、最も危険な時期にあらわれたのが美知代であった。物心がつくころから文学が好きで、筆を手から離さなかったほど文学に理解が深いうえに、ハイカラな、新式な美しい、女門下生の美知代から

「先生！先生！」

としたわれるのに、花袋は新婚当時にふたたび帰ったかのように胸をとどろかせるのであった。美知代にすれば、神様とも信じ、うやまう先生に、弟子としてささげえられるだけの心をささげるつもりであったので、花袋のあとをしたい、花袋の言葉に胸おどらせ、頬《ほお》を染めたのは純粋な師への気持ちがそうさせるのであり、恋愛的な気持ちがあったことは考えられないのであった。しかし、美しい女弟子を一つの家におき、彼女に花袋の心が傾いているとしたら、家庭は当然おだやかではなかった。妻はよくこういった。

「敏子さん（美知代）が来てから貴方《あなた》はまるで変わつておしまいなすつた――」

「あの人（美知代）が来てから、家庭がまるで前の家庭とは違つてしまつた。それを考えると、私はこうして居られないような気になります。」

こうして単調ではあるが、平和であった家庭は、美知代の出現によって静かな湖水に石を投げこまれたように、しきりに動揺した。一月ほどのちに、妻の気持ちを静めるため、花袋は美知代を妻の姉の家に移らせた。美知代はそこから津田梅子の開いた女子英学塾に通って英語を学んだ。

こうした家庭と幻の恋愛との煩悶からのがれるように、花袋は従軍記者として日本をあとにするのであった。

従軍記者

花袋が自己の内部の問題にばかり心を奪われている間に、社会は大きく変化の様相を示した。外国との諸問題が起こり、それにつれて国内での思想問題がわき立っていた。社会主義が盛んとなり、政府はその弾圧に力をそそぎ、明治三十四（一九〇一）年社会民主党が結成されたが、その日のうちに解散命令がだされるというあわただしい時代であった。東洋の島国日本は、こういう時期にロシアとの戦争に手を出したのであった。社会の動きに無関心な花袋も、いつまでも対岸のできごととして見ているだけではいられなかった。博文館では日露戦争のようすを一日も早く報道すべく、押川春浪《おしかわしゅんろう》を招き『日露戦争写真画報』を出版することを企画した。そして他社にさきがけて従軍記者を送るため、すでに作家なかまの中堅としてかなり名の通っていた花袋を派遣することを決定した。

「東京*に帰ると間もなく、戦争が始まつた。世間は騒がしくなつた。号外の声が町から町へと響き渡つた。私の二番目の男の児は、津軽海峡を敵艦が襲つた日に生まれた。人生の波、嶮しい波は私の生活にも次第に深く入つて来た。

社に行くと、坪谷君は

* 明治三十七年一月、信州小諸にいる島崎藤村をたずねて帰京したとき。

「君、戦争に行かんか。」

「行きませう。」

から激昂して私は答へた。」（『東京の三十年』）

明治三十七年三月二十三日、第二軍私設写真班員として東京を出発した花袋は、塩太澳《えんたいおう》・余州・南山・得利寺・蓋平《がいへい》・大石橋《たいせっきょう》・遼陽《りょうよう》の戦いにのぞんだ。当時、従軍記者として戦地におもむくことは、作家たちのあこがれの的《まと》であった。過ぐる日清戦争で、国木田独歩が同じく従軍記者としての『愛弟通信』で、一躍、名を高らしめたことからも推し測られよう。

国中が、国民全部が戦争という共通のできごとで結びつき、わき立っているときであった。この時期をみて、島崎藤村が信州の片田舎から、ふたたび東京で生活するきっかけをつかもうと従軍記者を志願して上京したが、希望かなわずむなしく帰ったのにくらべると、花袋のしあわせはどんなであったろう。

死との対面

この従軍に参加したことは、花袋に大きな影響をおよぼした。作家としての花袋の頭に非常な利益を与えたのであった。戦争は人間を人間でなくし、感情を黙殺する。花袋はこの戦場で、客観性に傾いた頭で、冷やかに人の倒れ死ぬのを見、そして屍《しかばね》の犬猫のごとく路傍に捨てられてあるのを見た。飢餓《きが》にのぞんだ獣のように利己的本性を発揮する人間の暗い面と、艱難《かんなん》にあって同胞のような温情を示す人間の明るい例とを残るところなく見、虚飾の衣が脱ぎ捨てられた人間の姿——真の姿——をあますところなく見ることができた。人間を、甘く、悲しいものであると書き続けてきた花袋に、それだけでは真の文学は描けないことを肌で知らしめたのであった。花袋はまた傍観者としての生き方を味わった。銃を持たない余計者である従軍記者は、軍の司令部から厄介者《やっかいもの》のように取り扱われて、時には飯も食えぬような待遇をうけたのであった。渦中《かちゅう》の外にいる人間、それは渦中で生死をかけて戦っている人間にとってはうとましく、うらやましく、なつかしい存在であったろう。

この従軍中に花袋は腸チフスにかかり、死神との対面を余儀なくされた。三月二十三日に新橋をたち、五月七日に遼東半島に上陸、南山・蓋平と進んだが、七月三十日ごろからからだの工合がわるくなり腸チフスと診断されたのであった。西南の役のとき、遠い九州の地で日記をつけつつひとりさびしく死んだ父。幼き児と妻、美知代の人を吸いこむような目、兵士の死、それらが花袋の頭の中でぐるぐるとまわった。戦場での病気は、恐怖よりもむしろ、残して行く人々への思いのほうが強かった。生への執着とでもいえよう。

心細い異国の地で、病に倒れた花袋の唯一《ゆいいつ》のなぐさめは、軍医森林太郎が見舞に訪れることであった。軍医としてよりも、むしろ花袋の若き日の文学の指導者、明治二十五年から六年、七年にまたがって最も影響され、陰ながらいちばん尊敬していた文学者森鷗外である。従軍記者として配属された軍が、たまたま鷗外と同じであることに気づいた花袋は、さっそく陣中の鷗外漁史《ぎょし》を訪れた。このときあらわれた鷗外は、

「まあ、ここに来たまえ、花袋君だね、君は――」

といった。花袋にはこれが非常にうれしかった。鷗外は花袋の作品を批判していたが、このときはそんな感

情は忘れ、文学の話、戦争の話に時を費やした。自然主義の旗手として目された花袋と、夏目漱石と並んで反自然主義と目されている鷗外との出会いは、興味をいだかせられるとともに、漢詩文より出発し、西洋文学によって文学の洗礼をうけた二人の作家は、後年、批評家たちによってはられたレッテルとは正反対に、各種の共通の文学思想などがあったであろう。鷗外も陣中での文学仲間に非常ななつかしさを覚え、花袋が腸チフスになったと聞くと、いろいろと心配し、便宜をはかってくれるのであった。

九月二十日、病後の静養のため、東京へ帰ってきた花袋を待っていたのは、日露戦争観戦記の好評であり、花袋の作家としてのいよいよ充実した日々であった。花袋は従軍前にとりかかっていた『大日本地誌』の編集の仕事にもどった。旅と歴史の好きな花袋には、この仕事は大変楽しいものであった。

竜《りゅう》土《ど》会《かい》

自然派の文芸は「竜土会の灰皿《はいざら》から生まれた」といわれ、自然主義のメッカと目された竜土会が、それ

日露戦争のおり、第二軍私設写真班員としての花袋(左端)

らしい型を作ったのは、明治三十四年ごろからであった。花袋・独歩・蒲原有明《かんばらありあけ》・藤村・眉山《びざん》・柳田国男などが、時おり、会って文芸談を楽しんでいたのが、しだいに大きくなり、そのうちに場所も一定してきて、麻布《あざぶ》竜土町のフランス料理店竜土軒を根城としたので、竜土会という名がつけられた。西洋にあこがれ、西洋文学をむさぼるようによんだ若い意気盛んな文学青年が、竜土軒のフランス料理に芸術の都パリを夢みたのであった。会の最初の世話人は独歩であった。それは花袋にとっても他の誰にとっても楽しい、情熱のほとばしるような会であった。「紅葉山人の柩《ひつぎ》」とか「明星《みようじよう》の晶子」とかいう題を料理につけてたわむれたり、恋が原因の仲間同志のけんかがあったり、またあるときは外国への夢を語りあい、

「われわれ竜土会からも、フランスあたりに行くものがありそうなもんだな。その時は、うんと盛んな送別会をしようぢやないか。」

と独歩がいったりした。独歩の胸には、かれ自身が盛大な見送りをうけて意気揚々と船に乗る夢をいだいていたのかもしれない。後年、この言葉が実現され、藤村がフランスへ旅立ったのであったが、それは若き純粋な熱情の高まりとはちがい、自己の犯した罪におびえ、日本から逃げるようなかたちであった。

この竜土会も世話好きな独歩が死んでしまったあとはしだいに衰え、また、当時若かった仲間も、もうそんな気炎をあげる意気を失っていた。しかし、竜土会からは多くの文芸の源が生み出され、「近代文芸の記録的な会」が形成されたのだった。

恋と芸術

こうして仲間との切磋琢磨《せっさたくま》で文学の腕をみがき、一日も早く一流の小説家になろうとしていた花袋にも、美知代の出現によって平凡なる日常生活はまたたく間に変貌していった。美知代という荒波から避けるように従軍記者として日本を離れても、この師弟の間がらは少しの変化をも見せなかった。三十二、三歳の先生と、若い娘特有の媚態《びたい》を奔放《ほんぽう》にふりまく十九歳の美しい女弟子の関係は、たんに師弟の間がらとしてはあまりに親密であった。恋にあこがれながら惑溺《わくでき》できない先生と、その先生を神様ともあおぎみている女弟子との間は、恋でもない、恋でなくもないような雰《ふん》囲気をあたりにまきちらすのであった。花袋はそれを自己の心中深く恋と思い、美知代は尊敬の念の表現と思っていた。

花袋は、明治三十七年六月に水蔭とともに伊香保《いかほ》に旅をしたが、その途中かれは、

「自分は人生の寂寞《せきばく》を感じて、その煩悶《はんもん》に耐えがたい思ひをしているが、なんとかこれから抜け出す途《みち》はないものか。」

といった。水蔭はこのころの花袋の、しだいにめぐまれてきた生活を知っているだけに理解できなかった、といっているが、これは花袋の美知代への思いをいったのであった。しかしこうした花袋の楽しい精神的恋愛は、美知代の実際的恋愛によって破られた。

美知代は故郷に縁談が起こったので帰郷したが、そのおり、友人にさそわれて摩耶山《まやさん》でのキリスト教の夏季大会に出席し、このとき同志社大学の神学部の学生で、神戸教会の永代静雄《ながしろしずお》と知り合い、たがいに好意を

いだき、美知代が上京の途中二人で京都に遊んだのであった。「日本の新しい婦人として自ら考へて、自ら行うようにならなければいけない。」とつねに教えていた花袋の言葉をすなおにうけて、美知代が自己の手で恋をえたとき、花袋の心中で、美しい映像として光をはなっていた美知代の姿が音をたててこわれていった。旧家に育った美知代は、この恋が両親の許しを乞うことの困難さを知っていた。そこで彼女は、新思想と旧思想の衝突をさけるために、師の花袋にこの恋のすべてを告白し、花袋の援助のもとに恋の成就《じょうじゅ》を考えたのであった。こうして「恋の温情なる保護者」と頼みにされた花袋は、自己の美知代に対する恋情と、師としての対面との葛藤《かっとう》に苦しみ続けた。美知代が純粋に師を信じ、自己の苦しい恋を相談するとき、花袋は師の仮面のもとに情け深い言葉をかけ、どこまでも二人の力になると約束するのであった。しかし一人になったとき、花袋の心に去来するのははげしい嫉妬の情であり、

「自分に……自分に、この恋の世話ができるだろうか。」

というにがい心情であった。冷静なる第三者がみた場合、美知代と静雄の恋にはなんらの障害もないはずであった。静雄が宗教に生きることが適していないと考えて同志社を中退し、東京で安定した職をみつけたのちに結婚するという若い二人を、無理にも突っ走らせたのは、花袋の不可解な態度にあったともいえよう。その意味で、この恋の犠牲者は花袋がかれ一流の大げさな表現で、自己の生活をめちゃくちゃにされたと嘆いた以上に、美知代と静雄は、その一生を踏みにじられたのであった。

　こうして美知代とのプラトニックな恋にひたり、苦しみながらも、花袋は三十代の壮年時代という最も油

の乗りきった時期を迎えるのであった。文壇ではしだいに新しい波がおしよせてきつつあった。それは出版界の頭目大橋乙羽と、文壇の大御所尾崎紅葉の死からいよいよはっきりとしてきた。大橋はたびたび花袋の窮状を救ってくれた恩人であったが、しかし、これはたんに花袋だけでなく、大橋のもとには、老いも若きも文筆を業とするものはみな原稿を一度はもっていった、というほどの勢力の持ち主であった。この大橋のやっている博文館と堅い結托《けったく》を結んでいたのが硯友社であり、紅葉であった。紅葉が頭を横に振れば、どんなにすぐれた作品も本となって出版されることができないというほどであった。そのため、当時の文学青年は、花袋とおなじように心中では硯友社を軽べつし、あいいれない者までも、紅葉の門のもとにおもむいたのであった。良い意味でも、悪い意味でも旧時代の象徴ともいえる大橋と紅葉の死は、硯友社の勢力の衰退をもたらした。

一方、明治三十七年の日露戦争は、国民を覚醒《かくせい》させ、新しい思想――ニイチェの個人思想とか、価値観の変化、慣習の打破――について新聞、雑誌はこぞってその紙面をさき、ロシアを破って世界の大国となった日本国民を刺激したのであった。これらの新しい思想のなかから生まれたのが社会主義であり、文芸では自然主義であった。

自然主義は十九世紀末ごろ、ヨーロッパとくにフランスを中心として起こった自然科学を基礎としたもので、ゾラの、空想を否定し、実験的に文学を生み出そうという理論に成り立っていた。浪漫主義文学が陳腐《ちんぷ》に落ち、人々が新しい文芸を求めたときに生まれてきたのが写実主義であり、この写実主義がよりつきつめられ、自然科学といっしょになったときに生まれたのが自然主義であった。

紅葉のあとをついだ泉鏡花・柳川春葉・小栗風葉などの硯友社の後継者は、この思想についていくことができず、かれらの一段下と世間で考えていた国木田独歩・島崎藤村・徳富蘆花、そして花袋などが動きだしたのであった。この新しい文芸のにない手たちに共通した点は、硯友社の人々とちがい、地方出身者ということであった。これは硯友社文学が、都会的な技巧的な文学であるのに対し、自然主義文学は、無技巧な、やぼったいともいえる、そのかわり正直な、まじめな純朴な文学を世に出したのであった。そして自然主義作家たちは硯友社作家と異なり、外国文学に対する知識が豊富であった。この自然主義の強力なる陣営となったのが、長谷川天溪《てんけい》の主宰する『太陽』、島村抱月《ほうげつ》の『早稲田文学』、正宗白鳥の『読売新聞』の文芸欄、そして花袋の『文章世界』であった。

『文章世界』発刊

花袋が主筆となり、前田晁《まえだあきら》を編集員として、明治三十九（一九〇六）年から大正九（一九二〇）年十二月まで刊行された雑誌が『文章世界』であった。この手助けとして坪内逍遥に紹介されて前田晁が来たのであったが、はじめて前田が花袋の家を訪れたとき、かれは記者として採用されるかどうかの分かれ目であったので緊張していたが、花袋は挨拶《あいさつ》がまだ終わらないうちに、「文章世界第一号立案」と書いた三尺あまりの巻紙をぱあっとひろげて、

「ほぼこんな風にやろうと思ふんだが、どうだろう？　なにかもつといい考えはないだろうか？」

といった、という。いかにも花袋らしい性急さである。これ以後、前田晁とは長い交際がはじまった。

この雑誌の発刊の趣旨としては、きわめて反文学的なものであり、実用文を一般青年に書き習わせるというものであった。花袋は以前から『中学世界』を編集しており、投稿を載せていたが、それらを載せるのに十分の余地がなくなったために『文章世界』を出したのであった。当時は投書雑誌が文壇登場の唯一《ゆいいつ》の機関だったため、多くの青年がみな『中学世界』に投稿したからであった。その余波をうけて『文章世界』も、はじめは実用文の学習を目的としたものであったとしても、しだいに文学的となるのもやむをえないことであった。この『文章世界』から後年、多くの文学者が生まれた。このなかには、たとえばロシア文学の米川《よねかわ》正夫《まさお》・中村白葉《なかむらはくよう》、歌人の中西悟堂《ごどう》、詩人白鳥省吾《しらとりしょうご》、小説家小島政二郎・加藤武雄、またのちにプロレタリア文学の指導者となり、その運動のために若い命をうしない、未知数の作家としてのその才能を殺した小林多喜二、そして現在なお、文壇最高の毒舌家として気を吐いている今東光、女流作家の吉屋信子などがいる。花袋の文学活動も『文章世界』とともに本格的になってきたといってもよかろう。

『文章世界』創刊号の表紙

この年、いままで以上に創作に没頭するため、都心の牛込の家をひき払い、代々木《よよぎ》に新居を構えた。この花袋の新居が文壇のゴシップ欄で評判となった。当時、文学者は貧乏なもの、清貧に安んずるものといわれていたからであった。だから、花袋も必死になって言いわけに心をくだき、家を建てた金は自分の金ではなく「蒲団《ふとん》」のモデルである岡田美知代の家が金持ちなので、そこから借金して建てたのだ、と弁解した。いまでこそ代々木には家が立ち並び、競技場ができ、往来のはげしい都会の空気に染まっているが、明治三十九年ごろはひろびろとした野原で、緑葉の濃い松林、陸稲《おかぼ》の熟した畑のなかにわらぶきの百姓家がぽつんぽつんと点在する風景であつた。そのなかで一軒ちいさく構えた新築の家で、花袋は、藤村が人生の従軍記者となったつもりで、木枯らしの吹きつける馬場裏の草屋根の下で書いた『破戒』に追いつくべく、独歩の才気あふれる『独歩集』の世間のかっさいに対抗すべく、創作に没頭するのであった。戦争には行ってきたが、作家としての創作はなにもしていないというあせりと、なにも書けないという失望に陥っていたとき、『新小説』からなにか書くようにといってきた。花袋はこのチャンスに自己の作家としての才能をかけた。新しい道が開けるような気がした。新しい文学をみつけたいと思った。今までの小説はフィクションであった。つくりものであった。しかし、今まで読んできた西洋の作家たち、ゾラやモウパッサンやイプセンはどうであろう。かれらの書くものはフィクションだったろうか。「ボヴァリー夫人は私だ」といった言葉そのままに、かれらの小説はかれら自身の姿なのだ。紅葉一派の戯作的な、遊戯的なものとも異なり、鷗外のような傍観的とも異なる肉迫せるきびしい苦難なる文学、それこそ花袋がかれの後半生をゆだねるに足るものではあるまいか、と考えるのであった。

「私も苦しい道を歩きたいと思つた。世間に対して戦ふとともに自己に対しても勇敢に戦はうと思つた。

かくして置いたもの、壅蔽《ようへい》して置いたもの、それを打明けては自己の精神も破壊されるかと思はれるやうなもの、さういふものを開いて出してみようと思つた。」（『東京の三十年』）

その手はじめに花袋は「私のアンナ・マール」を書こうと思った。少女病にはっきりとあらわれている、美しいものを無条件で愛するロマンチックな抒情的小説から脱皮し、人間の真実をひらくメスをまず自分自身と、かれの少女病の犠牲となった美知代に用いようとしたのであった。が、いざ美知代をその台上に載せたとき、花袋は自分の恋――楽しかったが短かった――が終わったのを覚悟せねばならなかった。恋か芸術か、書こうか書くまいか、迷いつつも花袋はしんそこ作家でありたかった。しかし生身《なまみ》の人間を赤裸々《せきらら》にし、衆人の目にさらしたとき、かれは深い後悔の念をいだかざるをえなかった。

「僕は拙《つたな》い出来損ひの芸術品と、血もあり肉もあるラブとを交換した馬鹿な男だ。」（「縁」）

一つの指標をみつけて

「僕に少しでも新しいものがあるとしたら、それはみんなあの女のおかげだ。」と花袋にいわせた美知代をモデルとした「蒲団」は、非常な世間の評判を呼び、花袋は一躍文壇の寵児となった。ちょうど藤村の「並木」のモデル問題があったときだけに、よりショックな生活に疲れた中年男と、少女との不可思議な恋は、花袋独特の無技巧な描写から生ずる真実味を読者に感じさせ、作品そのものに対する評価よりも、内容が人々の口から口へと好奇の言葉で語りつがれるのであった。性がタブーとされていた社会で、最初にその口火を切った「蒲団」の評判は、花袋自身の想像もできないものであった。まさに「蒲団」の前に「蒲団」なく、「蒲団」の後に「蒲団」なしというほどであった。この「蒲団」ほど賛否両論はげしく戦わされた作品は文学史上まれであろう。『早稲田文学』では島村抱月が、

「此の一篇は肉の人、赤裸々の人間の大胆なる懺悔《ざんげ》録《ろく》である。」

と両手をあげて迎えているのに対し、『帝国文学』は、

「花袋氏は何を苦しんでか、うるわしき愛情の方面を遺却して、吾人の道徳的情操の認めて醜《しゅう》となす所の性慾をのみ描けるぞ。」

と非難した。こうして「性欲描写」可否論が何度も戦わせられるのであった。

しかし、この作は花袋の進むべき道を決定づけた。人一倍周囲を気にする花袋が、これだけの世評をうけたことは非常な力づけとなるのであった。技巧にかたより、辞句の豊富と、思想の華麗のみを文学と考えている近時の文壇で「蒲団」のまきおこした世評というパトロンを盾《たて》にして、花袋は大胆なる、露骨なる描写によって文壇におどり出たのであった。白粉《おしろい》たくさんの文章、メッキ小説からは、血と汗にふれた真実の文学は生まれないのだ。花袋は以後ぞくぞくと「皮剝《かわはぎ》の苦痛」を伴うが、しかし、かれの信ずる文学の源を花袋自身およびその周囲から、世人の目にふれるべく書き続けるのであった。そして「生」（明四一・四）、「妻」（同年一〇）、「縁」（明四三・三）などの一群の作品は、花袋を日本自然主義派の代表とし、また他のさまよえる作家たちに一つの指標を与えたのであった。正宗白鳥は『田山花袋論』のなかで次のようにいっている。

「文学の上の氏の革命態度は、氏自身の作品と根本から異ったものにはなし得なかったが、他の文学者に及ぼした影響は甚大《じんだい》であった。花袋流の自然主義が流行して文壇を賑はしたのだ。賛成者でも反対者でも、盛んに自分自身の「蒲団」を書きだし、自分の恋愛沙汰色慾煩悩を蔽《おお》ふところなく直写するのが、文学の本道である如く思はれてきた（略）私には、田山氏があんな創作やあんな文学観を発表しなかったら、自伝小説や自己告白小説があれほど盛んに、明治末期から大正を通じて、あるいは今日までも、現はれなかったであろうと思はれてならない。その証拠《しょうこ》には、竜土会会員で西洋近代文学を耽読《たんどく》してゐた者は、少なくなかったが、田山氏以前に、自己の実生活描写を小説の本道であると解釈したものは一人もなかった。」

愛の変遷

向島の女

「その女は何処《どこ》か敏子（岡田美知代）に似たところがあった。眼と眼の間が矢張遠かった。」と、「縁」に書かれている向島の芸者・小利《ことし》（本名飯田代子《よね》）との交渉は、明治四十（一九〇七）年の夏ごろからであった。美知代と永代静雄との恋に、師としての立場を守り、美知代がふたたび上京してきたときには、彼女の両親の反対を説き伏せて、美知代を自分の養子として永代のもとに嫁がせたのであった。

二人は子どもまでできたが、まもなくけんかをして別れてしまった。花袋は子どもを義兄の太田玉茗の養子とし美知代にふたたび新しい生活を開くようにしてやったのであったが、それからしばらくして、ふたたび永代といっしょになって行方《ゆくえ》をくらましてしまった。この後、二人はまた別れ、美知代はアメリカに渡り結婚したという。建福寺の養子となった子は、三歳になってまもなく脳膜炎にかかって死んでしまった。

こうしたなかで、美知代への熱もさめ、その結果、かれの心中を長い間、占領していたロマンチックな少女病が姿を消していった。

「蒲団」の美知代が現われるまでの、どうしようもないさびしさをかれは、家を五回も六回も八回までも転々として引越してみることでまぎらしたり、あるときは、作家という孤独な職業に耐えられず、世を離れて田舎で農夫になろうと決心したり、あるときはまた、北海道に移住して開墾にその一生を託そうとしたりしたが、美知代の出現によって一時的にその心持ちはな

『百夜《ももよ》』のヒロイン　飯田代子（前列右端）

ぐさめられたのであったが、ふたたびかれにその孤独感はおそってきた。かれはそのさびしさから逃れるように花柳社会に足をふみ入れたのであった。それは、かつての花袋——女性崇拝・恋愛崇拝にその全精神を集中し、恋を玩弄視《がんろうし》するものをののしり、不謹慎に女のことを話すものにつばをかけてやりたくまで思った——からは想像できないものであった。かれはそうした多くの女のなかから小利を知った。四十歳前後になってはじめて妻ならぬ女を知った花袋は、小利との生活にいい知れぬ喜びを感ずるとともに、芸者という浮き草稼業《かぎょう》の小利への嫉妬・疑惑に苦しまねばならなかった。花袋の遊びは粋人・通人などとはまったく異なり、むしろやぼな落語にでてくる田舎の大金持ちのようなやり方であった。それは一面芸者をたんなる遊び相手としてみずに、あくまでも自分と同じひとつの人格をもった人間として、同等の精神のもち主として扱っている誠実さのあらわれともいえよう。花袋は若いころ、硯友社の作家が、花柳界や芸者のことを得意顔して話すのを聞き「今に見ろ、いつか一度はそういう題材を縦横に取り扱つてみせるぞ。」とりきんでみせたことがあったが、しかし、かれにはどうしても硯友社風な遊びはできなかった。こうして小利との恋の楽しさ、苦しさのなかから多くの愛欲小説が生まれた。

「おれの芸術は、あの女があるために今日までその命脈を保つてきたんだ。」

といわせるほどであった。

このころの花袋の創作力はすごかった。『蒲団』で一躍、文壇の寵児となり、続けて書いた「一兵卒」(明四一・一)「土手の家」(同)が好評なのに力づけられ、かれは社から帰ってくるとすぐに机に向かうという毎日であった。花袋はもともと筆の早いほうで、頭に浮かんだことをそのまま原稿用紙に書きこむのであったが、普通の人の二倍もある大きな字体で、三十分ぐらいで新聞の続き物の一回分ぐらいは書いてしまうという。かれの字は字画の正しい読みやすい字だった。そしてまた、どこでも書ける人で、汽車のなかでもおかまいなしだったという。この筆力でもって花袋は、

「今にして全力を挙げなければいつ再びかうした機会が来るだろう。」

と考え、全力投球で書いたのが「生」であった。

「生」の執筆中に『蒲団』に対する版権告訴事件が起こった。『蒲団』は、『新小説』に書いて大きな反響をよび、文壇に自然主義をもたらしたのであったが、この『新小説』の主筆が自然主義に反感をいだき、花袋が『蒲団』を他社から単行本として出版したのを違反であるとして訴えたのであった。このころの自然主義の勢いというのはものすごく、「自然主義にあらざれば文学にあらず。」というほどで、とくに花袋の力はすごく、「博文館楼上の自然主義」といわれたほどであった。そのため他の流派の文学者は自然主義を非常ににくんでいた。鏡花は逗子に逼迫《ひっぱく》した生活を営みながら、

「自然主義の奴《やっ》らがこのおれに飯を食はせない。ひどい奴らだ。」

といったという。こうしたなかで行なわれた裁判であったが花袋は勝った。そして、これ以後、著作権については いままでと異なり出版社でなく、作家のほうに権利があると認められることになった。これは大きな功績であるといえよう。自然主義に対する世間の風当たり、裁判、それから肉親を解剖するという「皮剝の

苦痛」に耐えながら「生」を書き続けていたかれに、親友独歩の死が、より重くおそってきた。花袋は「生」を何日分か書きためると茅ケ崎《ちがさき》の独歩を見舞ったが、ともに新時代を築いてきた仲間だっただけに、豊かな才能をもったまま若くして死なれたことは、花袋にとって非常に不安だった。この死の席で、花袋と真山青果《まやませいか》が心理的な対立から大勢の人の前で大げんかをした。原因はおもに主義の相違からであったが、晩年の花袋の好々爺《こうこうや》ぶりからは想像できないことであるが、壮年時代は創作に対する自信も加味されて、あらゆる人人と議論したといってよいほど、血の気の多い人であった。こうしたなかで書いた『生』『妻』『縁』は非常な好評を博し、かれの地位を不動のものとした。

明治四十二（一九〇九）年、小利との恋に破局が訪れた。ある客に彼女が落籍されたのであった。花袋は一直線にデカタンの生活に落ちていった。依然として創作は続けていたが、かれの心は荒れ、ほとんど毎日のように花柳界に足をふみ入れるのであった。しかし、明治四十三（一九一〇）年二月、妻といっしょに芝居を見にいったとき、かれは小利と再会した。彼女はふたたび芸者になっていた。二人の間はもとにもどったが、しかし、小利はいぜんと少しもかわらず、その心を二つにも三つにもわけて花袋の心を平静にしておかなかった。家庭を破壊しないで、小利をも失うまいとする花袋は、かれさえ浮気と割り切ってしまえばなんでもないことなのだが、それができなかった。花袋は愛しあっていても、たがいにはいりこむことのできない人間の孤独をあらためて知らされるとともに、恋の苦しさを知らされるのであった。このころからかれの作品には、人間の内部を深く掘り下げたものがあらわれだした。

新流派の台頭

明治三十年代のころからしだいに力を得て天溪・独歩・藤村・泡鳴・秋声そして花袋などの作家を世に出し、「自然主義にあらざれば文学にあらず。」とまで思われる勢力を持っていた自然主義文学も、大正期にはいるとだんだんと勢力が衰えていった。夢みるような美しいロマンチシズム文学の、現実から逃避した物足りなさを打ち破り、ヨーロッパの科学的思考方法を基盤として真の人生にふれようとした自然主義文学は、人々を強烈に刺激したが、しかしそれも花袋の『蒲団』によって方向づけられた、日本の自然主義の醜悪ともいえる文学に行き詰まりを生じた結果、人々はその反動として健康的、知的な、あるいは浪漫的な文学を求めはじめた。この求めに応じてでてきたのが夏目漱石・森鷗外であり、永井荷風・谷崎潤一郎であり、白樺派の武者小路実篤・有島武郎であった。

「吾輩《わがはい》は猫である」のほろにがさを含んだ笑い、上品さと理知的な文学、そのなかにひそむ近代人の苦悩、考えることを忘れ、現実をありのままに写すことのみに力をそそいだ自然派の文学の時点の低さにあきていた読者は、漱石の文学をむさぼるように追い求めていった。そして一方、自然主義の田舎くささ、やぼくささに満足できず、都会に生まれ、洗練された趣味で享楽に傾いた官能の文学を、『三田文学』を根城として登場させたが荷風であり、潤一郎であった。また自然主義が物質を主とするならば精神を主としたのが新理知主義の白樺派であった。かれらは人道主義を唱《とな》え、キリスト教とトルストイに心酔した。かれらの出身は学習院であり、多くは貴族ないしは豊かな家庭の子弟であった。かれらは自然派の人々が味わったパンのための苦労など、少しも経験したことのない、恵まれた熱情的な青年であった。これらの新しい渦中にのみこまれるように自然主義は衰えていった。それはちょうど花袋が博文館入社前後から自然主義は起こり、退社前後に衰えていったというのも、自然主義のにないてである花袋の力の大きさを示すものであろう。

花袋は大正元（一九一二）年十二月二十三日、足かけ十三年間にわたって勤めた博文館を退社した。自然主義の牙城であり、かれが生み育てた『文章世界』は前田晁に引き渡された。この退社はかれの意志でなく、社の内部事情によるものであったが、これによってかれは定収入を失い、不安定な経済状態となった。

藤村渡仏

このようなはげしい時代の流れのなかで、独歩なき後、よき競争者であり、もっとも心の許しあえる友人、藤村が『破戒』『春』『家』などでようやく築きあげた文壇での位置を捨てて、ひとりフランスへ旅立った。四人の子どもを残して妻に他界された藤村の生活を助けるべく、家事の手伝いに来ていた姪《めい》の駒子との過失、そしてその底に流れる親譲りの暗い血におびえ、その解決法とも、逃避ともいえる外国行きは、藤村の苦しい胸の思いとはうらはらに、そこに至る事情を知らない多くの文学者の羨望《せんぼう》の的であった。藤村は、神戸より船上の人となったが、花袋はこの見送りに際し、藤村の心情を思いやることができず、藤村の、

「僕もね……まあ深い溜息《ためいき》の一つも吐くつもりで出掛けて行つて来ますよ。……」

という沈鬱なつぶやきに、

「そうだね。一切のものから離れて、溜息でも吐きたいと思う心持は僕にもあるよ。」

と友のフランス行で刺激された目を輝かせて答えるのであった。情熱の血のさわぎたてた若い日、あれほどあこがれを持ってみつめた芸術の国フランスは、老いてもなお神経のことごとくを小説にそそぎこんでいる花袋をはげしく攻めたてるのであった。花袋にも一度、博文館にいたとき外国留学の話があったが、実現しなかったという。藤村は『新生』に次のように書いている。

「かういふ事情で洋行するとも知るよしもない友人（花袋）が昂奮した様子が気の毒だつた。」

しかし、それだけ刺激をうけながらも、いまの花袋はフランスはもとよりどの国にも行こうという気はなかった。かれにはこのとき日本を離れることのできない理由があった。それは小利との闘争ともいえるような、はげしい恋の成就《じょうじゅ》を願う思いが、かれの心のすべてを占領していたからであった。

しかし藤村が渡仏したあとの大正二（一九一三）年五月、花袋は日光の医王院に滞在し、沈滞した作風、家と小利との煩悩《ぼんのう》からのがれるべく創作に専念した。このとき前田晁も翻訳の仕事をもって滞在した。花袋は朝早く起き、自分で食事のしたくをし、午前中に創作をすませ、午後からは散歩に行ったりするという毎日を十月まで続けたのであった。このころ小利はまた他の男のもとに走り、花袋は大きなショックを受けた。これを書いたのが『髪』（大正元・一二）である。かれはいままで考えていたことが、すっかりとけて流れてしまったような気がした。なにもかもが興味をひかなくなった。かれはなにかすがるべきものを必死になって求めた。それがユイスマンスの神秘主義であった。ユイスマンスは自然主義から神秘主義へと移ったのであったが、それは花袋に大きな感動を与えた。そしてかれは宗教的境地へと進んでいったのであった。宗教的境地によって愛する女性を忘れようとしたのであった。しかしかれは忘れることはできず、羽生《はにゅう》の建福寺で読んだ経典の大乗仏教によってかれなりの解決方法を見いだしたのであった。それは、

「惚《ほ》れた女なら、飽くまで惚れる。向うが思おうが、思ふまいが、一心になつて惚れる。それが本当なんだ。此方さへ真面目に本当にしてやれば好いのだ。」

という無報酬の恋によって、永遠の「金剛不壊《こんごうふえ》の恋」を完成しようとしたのであった。しかし、花袋がそう考えても、思うようにはいかなかった。かれは自己の心の中でつねに相反する心と戦った。「金剛不壊の恋」をうるために。かれは妻にこういった。

「お前なんかには人間の心というものはわからないんだ。恐ろしいものだぜ。心というものは底の底をさぐつてもわからないようなもんだぜ。俺はその恐ろしい心と戦争しているんだ。」

小利によってかれの心が乱されるのといっしょにかれの家庭も乱された。妻は夫を疑いの目で見、つねに不安を心の中にもっていた。子どもたちは、とくに感じやすい年ごろの長男は、少年特有の潔癖《けっぺき》さから父をあたかもきたないものであるかのように見るのであった。捨てることのできない妻と子、占領することのできない小利の心、その間にたってかれは魂が暗い壁につきあたったかのようにオロオロとするのであった。

大正五（一九一六）年五月、花袋はこうした自分の心を落ち着かせようと信州富士見の山荘にこもった。この山中の孤棲《とせい》の半年が、花袋に大きな力を与え、人間的に大きく成長させた。かれはますます宗教に接し、「ある僧の奇蹟」（大六・九）の慈海や、「残雪」（同年一一）の哲太のようにあらゆるものを突破して、さ

生誕五十周年祝賀会のおりの花袋と徳田秋声

らに無限に展開して行くという心境にたどりついた。
　独歩・藤村がキリスト教から出発し、途中からそれらを捨てたのに対して、花袋は晩年の苦しみのなかから大乗仏教をもととした宗教的生き方を見いだしたのであった。それは岩野泡鳴《ほうめい》の宗教観ともちがう花袋独自のものであった。花袋は、かれの到達した境地を妻のリサと小利とに説いてきかせ、いままでのようなみにくい、落ち着きのない悲惨ともいえる三人の関係を脱出しようとした。こうして三人の間に比較的平穏な日が訪れるのであった。

生誕五十年記念祝賀会

　大正九（一九二〇）年十一月、花袋と徳田秋声の生誕五十年記念祝賀会が催された。現在では五十歳をすぎても活躍している作家は多いが、当時としては非常にまれであった。それだけこの時代の小説家の生活は苦しく、社会的地位が低かった。それがかれらの命をちぢめた。二葉亭が不慮の死をとげ、漱石が五十の声とともに世を去り、紅葉が業半ばにして倒れ、子規・独歩・眉山《びざん》・啄木・美妙・泡鳴などいずれも若くして世を去った。花袋はこのような苦難をおなじようにうけながらも、六尺近い偉丈夫ともいえるたくましいからだと、太い神経にささえられて、風雪の時代を力強く生きぬき、五十年の祝いのときを迎えたのであった。この祝賀会は、かれらのあとに続く人々の新しい文壇への希望と、小説家の地位向上を期待して開いたという意味もあったが、しかし、二十歳に満たぬころから文学に首をつっこみ、三十年間にわたる長い年月、わきめもふらずただ文学のみに進み、紅葉の門をおそるおそるたたいていらい、苦しみとあせりの下積み時代、博文館入社いらい、しだいに世間に認められ、いつのまにか文壇の第一人者と祭りあげられた花袋は、この祝賀会に感無量であったろう。「遅鈍《ちどん》で性急で、才がないので何事もいいかげんでやめるわけには行かなかった」と自己の一生をふり返った花袋にとって、正宗白鳥の、

「田山氏は明治後半から大正へ渡つての文壇に最大の感化を及ぼした人である。誰よりも感化力が大であつた。」

という祝いの言葉を受けるまでになったのであった。こういう祝賀会がこの当時の文壇で催されたことは、西園寺《さいおんじ》（公望《きんもち》）の雨声会《うせいかい》とともに特記すべきことであった。花袋の文壇での力の大きさを物語っていよう。このとき三十三名の作家の作品を集めた『現代小説選集』を贈られた。

しかしこの喜びの裏に、時流に遅れた花袋の作家としての衰退の影がしのびよってきていた。かれの作品が中央文壇からしだいに姿を消し、地方新聞ないしは婦人雑誌がおもなる発表機関となったのであった。『文章世界』の主筆を退き、自然主義文学がしだいに衰えてきていたので、一時ほどのはなばなしさは花袋にみられなかったが、それでもかれの作品は各批評家からかなり好意的にうけとられ、小品でも批評文が載せられるというほどであり、また博文館を退社しても隠然たる力をもっていて、『文章世界』には毎月ほとんどそ

の作品を載せているほどであった。ところが、大正九(一九二〇)年十二月『文章世界』が終刊した。誌名が古くさいという理由で、翌年十月から改めて『新文学』という名で発行されたが、これは今までと全然系統がちがった左翼的色彩の濃厚なものとなった。もはや花袋は博文館をよりどころとするわけにはいかなかった。文壇では、白樺派などとは別にあらたに左翼的な『種蒔く人』が創刊され、プロレタリア文学、原敬暗殺、階級文学論争など、社会的にも大きな事件がつぎつぎに起こり、かれの作風ではもはや社会に適合しなくなっていった。

このころ五十年祝賀会を記念して花袋の全集を刊行することが同会の世話人の間で企画され、出版されたのであったが、花袋の人気の下降とともにこの全集も売れゆき不調のため、途中で何度も

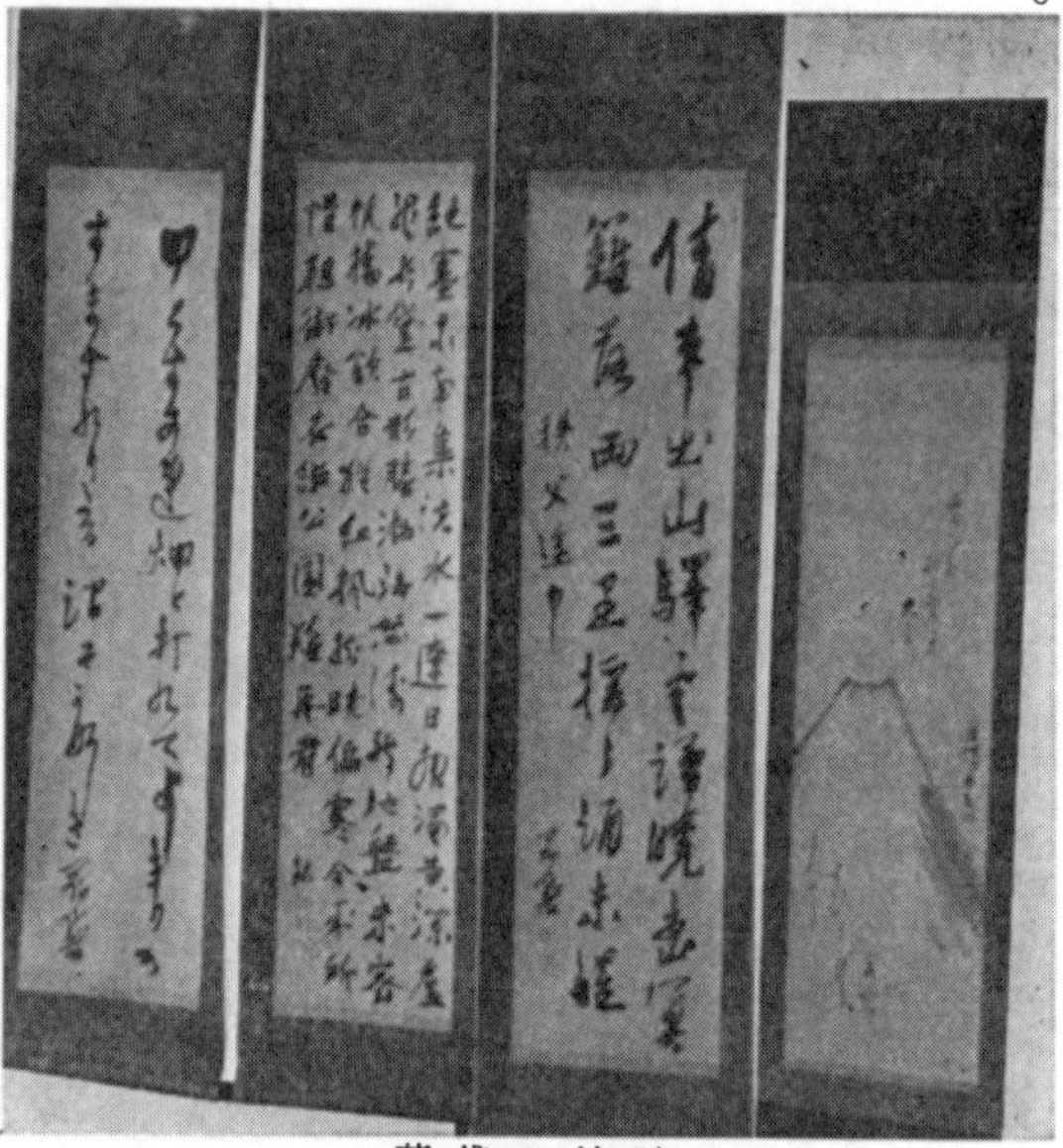

花袋の筆跡

中止になりそうなうき目にであった。この全集刊行は、花袋の作品はいちおうこれまでだろう、と考えられたためであるという。しかし実際にはかれの作品はまだとどまるところを知らなかった。

文学手法の転換

「以前は歴史なんかつまらぬものと思つていたが、それが今の実際の人生とつづいているやうに考へられて来た。……歴史小説も作者の心熱と態度から出発せねばならぬ。」（『夜座』）

新しいものを求める絶えざる探求心は、花袋を花柳社会を描くことのみにとどめてはおかなかった。読者が花袋の創作力に限界が来たと考え、新しい時代の文学者へと心を傾けていったころから、花袋は新しい作風を見いだし、ねばり強い精神力で取り組んでいった。それが歴史小説である。「源義朝《みなもとのよしとも》」（大一三・一）『通《みち》盛《もり》の妻』（大一五・一）『通綱《みちつな》の母』（初題『愛と恋』昭二・一二）などの歴史物は、幼い日、歴史学者の岡谷繁実と兄との影響が老齢に近づいた今になってあらわれてきたといえよう。

歴史小説は花袋終生の課題「時」を追求するための格好の題材でもあった。鷗外が自然主義文学の露骨な現実に反感をもち、現在をありのままに描いてよいのならば、古代もまたありのままに写してもよいであろうと『興津弥五右衛門《おきつやごえもん》の遺書』をはじめとしてつぎつぎと書きだした歴史小説、そしてまた芥川がかれ一流の解釈のしかたをもって書きかえた『俊寛《しゅんかん》』や菊池寛の大衆小説的においをただよわせた歴史物など、それぞれ歴史に筆を染めた作家は多い。これらのなかで比較的見のがされているのが花袋の歴史小説であるが、しかし「源義朝」などには花袋独特の地理的、紀行的要素をふんだんにとりいれたなかに、英雄のかなしい姿があざやかに浮き彫りされているすぐれた作品である。

病　気

二十代にはあお白い顔をし、やせて腺病質《せんびょうしつ》であった花袋も、三十歳をすぎると「無骨な大男」とか「らくがんの鬼の顔」という形容がぴったりの、日本人ばなれした体格の持ち主となった。従軍記者として朝鮮に渡ったとき腸チフスにかかったが、それいらい病気らしい病気をしないでいたが、大正八（一九一九）年風邪をこじらせて肺尖カタルにかかった。このとき酒とタバコを医者から禁止された。花袋はこの病気に驚き、非常に養生し、栄養をとった。ところが、これが逆の結果となり、べつの病気を引き起こすもとになったのは皮肉なものである。しかし、肺尖カタルはまもなくよくなり、無理をしないかぎりは体調すこぶるよく、泡鳴・風葉・龍之介の死などはよそごとのように元気な毎日を送っていた。

若いときから旅行好きであった花袋の性格は、年をとってもかわらず、大正十二（一九二三）年三月満州旅行をし、大連・太沽・天津・北京・奉天・ハルビンをへて朝鮮まで行き、その帰りには下関まで出迎えにきた小利とともに石見《いわみ》・隠岐《おき》に遊んだりした。そしてまた、同じ年の七月には妻をたずさえて弘前にいる弟を訪問し、大正十五（一九二六）年小杉未醒《みせい》と耶馬溪《やばけい》に、翌年ふたたび未醒と豊後筑前の博多に遊び、そのあいまには小さな旅行をするというふうであった。漱石・芥川が満州旅行に友人の招きや、新聞社からの派遣で行き、からだの調子の悪さを大いに嘆き、今にも死にそうなほどの悲愴《ひそうかん》感をただよわせているのとは大変なちがいである。

大正十二年九月、花袋が弘前から帰京してまもなく関東大震災が起こった。花袋は小利の身が心配で、三日目に火のまだ燃えているなかを必死になって大川の橋杭《はしぐい》の上をつたって行くという危険をおかしてたずねていった。小利は十時間も川水にひたるというひどい目にあったが、無事であった。この震災を契機として花袋は完全に小利の心をつかむことができた。足かけ十七年間にわたる恋の闘争もここで終わりをつげるのであった。

しかしこのころからかれにはまたあらたなる心配ができた。それはしだいに年ごろとなった子どもたちへの、自分を中心とした妻と小利という関係であった。長女の礼子は父の反対を押し切って『時は過ぎゆく』に出てくる芝留《しばどめ》、実は芝定の長男と結婚、長男先蔵は発狂するというできごとは、花袋の生活態度――彼女の生活はとりも直さずかれの生活――というほど小利

家族とともに――左から長男先蔵、花袋、次女千代子、次男瑞穂、三女整子、妻リサ、長女礼子

がかれにとって大切なものであったとしても、それがどんなにかれの誠実な心情のあらわれであるといってみても、花袋に対する子どもたちの悲しい心の表示であったろう。子どもたちの成長にいろいろ気をつかい、かわいがって育てただけに、かれは小利との生活も子どもたちに知れないようにと心がけていたのであったが、いつのまにか子どもたちははだで感じていた。今や小利との生活が子どもたちに強い影響を与え、子どもたちの生活が小利との長い間なにものにもこわされずにやってきた恋愛生活に圧迫を加えた。

こうしたなかで大正十五（一九二六）年に、改造社から出版された『日本文学全集』によって円本時代があらわれ、文学者は未曽有《みぞう》の収入を得る時代を迎え、花袋もその恩恵に浴した。

昭和三（一九二八）年十月、かれは三度目の満州蒙古旅行をくわだて、大陸の雄大な自然に接してきた。しかし帰国後まもなく、からだの不調を訴え、ほとんど仕事が手につかない毎日であったが、十二月二十七日脳出血で倒れ、虎の門の佐多病院に入院、まもなく回復に向かい事なきをえた。このころから花袋の心中に「死」の意識が住みだしたのであった。永遠なる命でないことを再確認したかれは、終生の念願である明治維新のときの士族の没落のようすを大長編としてまとめる仕事にとりかかろうとした。

花袋の生活は、新しい夜明けの明治維新によって動かされたものともいえる。そしてかれ以上に多くの人人が、祖父が父が母が兄が叔父《おじ》が叔母《おば》が、その一生を大きく変革されたのであった。「いつか書かなければ、書かなければ」と思いつつも取りかからなかった最大の、最後の仕事に、ついに花袋は手をつけはじめたのであった。花袋は資料を集めることに力をそそいだ。書く以上はりっぱなものをとねがったので『田舎教師』

（明四二・一〇）『一兵卒の銃殺』（大六・一）などでもちいた方法――現地におもむいて資料を集め、事実と照らし合わせて書く――を用いようとしたのであった。そのころ、おなじように明治維新の波の洗礼をうけた島崎藤村が、やはり古い時代から新しい時代への移行をテーマとした「夜明け前」を新聞に連載していた。

こうして最後の傑作をめざして、病んだからだにむちうってはげんでいた花袋に、運命の女神は今しばらくの時間を与えてはくれなかった。脳出血についで、翌年五月喉頭《こうとう》ガンをわずらったのである。現代医学でも不治の病として恐れられ、多くの文学者の命を奪った、ちかくは高見順・亀井勝一郎を死のふちに招きよせたガンは、当時にあってはなおさらであり、まして喉頭であるだけに病人の苦しさは特別であった。生へのすさまじいまでの執着《しゅうちゃく》も、肉体の衰えを救ってはくれなかった。

だれも知らない暗い所

昭和五（一九三〇）年五月八日、花袋は非常にはげしい発作に見舞われた。午前中は『婦人画報』の懸賞小説の選などしていたほど元気であったが、十一時ごろから苦しみだし、四十度三分の熱を伴って全身脂汗《あぶらあせ》をかきながら身のおきどころがないほどの苦しみようであった。

脳出血のときにかかった佐多博士、ガンで倒れたときにみてもらった山川博士、二人の手当てで一時鎮静をえてからの花袋は、今やまったく死と直面したことを悟ったのであった。死を覚悟してからの花袋は、宗教にふれた人らしく自然のままに静かに神のもとにめされることをねがい、医者の一時的な注射などをもこばむのであった。病床には妻のリサといっしょに、花袋の後半生を影のようにつねにつきそっていた向島の芸者小利とが、昼夜をわかたず看病していた。

かれの大きかったからだもちぢんだように脂気がなくなり、皮膚はかさかさし、その大きかった手は、柔らかでぐにゃっとして弾力がなくなっていた。呼吸の困難はすごく、見舞いにきて、病室にあてられた書斎から折れ曲がった廊下をへだてた客間にいた人々にも、その苦しい荒い呼吸はきこえたほどであった。死のおとずれは五月十三日午後四時四十一分であった。

その二日前、藤村が見舞いにきたとき、

「この世を辞して行くとなると、どんな気がするかね。」

と問うたのに、

「何しろ人が死に直面した場合には、だれも知らない暗い所へ行くのだから、なかなか単純な気持のものじゃない。」

と答えた花袋も、最後は澄んだ静かな美しい心であったろう。

子どものような正直さと、不撓不屈《ふとうふくつ》の精神とをもって熱心な文学生活を閉じた花袋の死は、

「大きな人がこの世を辞して行く。」（藤村）

という感そのままであった。四十年に近い年月を文学ひとすじに歩み続けた花袋、それは花袋一人でとどまる道でなく、あとに続く多くの青年をも導いていくことであろう。努力ですべてをなしとげてきた花袋の精

神は、多くの若き人々を戒め、そして新しく飛躍するもとをつくるであろう。

天上に輝く美しい星、地に咲くかれんな花、そして花袋がこよなく愛した同胞——悩み、苦しみ、喜び、楽しむ人人、それらの人人の間をふきぬける風のように花袋の精神はそれとなく人人につたえられるであろう。

「人間には誰にでも殻がついている……やうやく殻が取れて万象がはつきり見える時分になると人間は即《すで》に死に面している。」（「痕跡」）

と言い残した花袋は、友人藤村のつけた

「高樹院《こうじゅいん》晴誉《せいよ》残雪《ざんせつ》花袋《かたい》居士《こじ》」

の戎名とともに多磨墓地に葬られたのであった。行年五十九歳。

六月二十日、藤村を中心として故人をしのぶ会が開かれた。そのときつくられた「花袋追悼記念帳《かたいついとうきねんちょう》」の最後に次のようなことが書かれてあった。

旧知友人五十八名、花袋君を紀念《ママ》するために相集まり君が遺族と食卓を共にせり君はわれらにとりて実に忘れがたき人なり。

昭和五年六月二十日　　島崎生附記

花袋の墓（多磨墓地）

第二編　作品と解説

二十歳にして作家をこころざし、紅葉を問うたあと、努力とねばりと熱情とで書き続け、多くの作品を世に残した花袋は、五十九歳で筆をおくまで、かれの歩んだ人生の多様さと、かれの精神の変化とをそれらの作品に反映させたのであった。「社会のためとか、人のためとか云うものでなくて、飽くまで自分自身の要求から出て来たもの」がかれの芸術であり、かれの小説であった。この要求によって花袋の作品はいくつかの系統にわけることができる。

第一が、初期の抒情的感傷的作品の時代である。一般的に処女作といわれている「瓜畑《うりばたけ》」から『野の花』までのこの時期は、うるわしい風景の中に点在する、美しい乙女の恋物語である。浪漫的詩人から出発し、詩から散文へと移行していった花袋の作品は、涙もろい感傷的なものであり、社会的要素を含まない、また人間の本質・自我などにはほとんどふれていないものばかりであった。この時期の花袋を小栗風葉は「失恋詩人」、また泉鏡花は「恋愛詩人」といってあざけったことからも推量できよう。

第二は、『重右衛門の最後』から『河ぞひの春』までの時期である。西欧文学によって新しい文学のあり方を見つけ出していた花袋は、たんに涙を流す美しい物語でなく、人間の真実の姿を描く自然主義文学に傾倒し、露骨な描写の必要をおぼえ、『蒲団』を手始めにつぎつぎと「皮剝の苦痛」を己《おの》が身に課していき、独自の地位を築いたのであった。この期の作品が最も大きく日本文壇に影響を与えたのであった。

第三として歴史小説の時代をあげることができる。『源義朝』『通盛の妻』『道綱の母』の三部である。まず花袋の本格的作家活動の最初の作品である『重右衛門の最後』からながめていこう。

重右衛門の最後

デビュー作　『重右衛門の最後』は「アカツキ叢書」の第五編として新声社から明治三十五（一九〇二）年五月に出版された。「アカツキ叢書」というのは、新思想の発展を目標として刊行されたものである。

三十二年に結婚し、二人目の子どもも生まれた花袋は「藤村は独歩の十倍、花袋は百倍」といわれたすばらしい読書力でもって、バルザック・パウル・ハイゼ・ニイチェを初めとして多くの西欧作家の作品を読破し、みずからのものとしていった。その成果の最初のあらわれが『重右衛門の最後』である。文中（一）にあるように、ツルゲーネフの『猟人日記』やズウデルマンの『猫橋《ねこはし》』に影響を受けて書いたものである。この作品の題材は日清戦争以前にいだいていたのであったが、できあがったのは『猫橋』の最後で、少女に述懐するところを読んでからだといい、「ですから、那《あ》の作はツルゲーネフとズーデルマンに負ふところが非常に多い。事実もそつくりそのままですから、まあ私の技倆は少しもないといつてもよい位なものです。」（「事実と人生」）といっている。

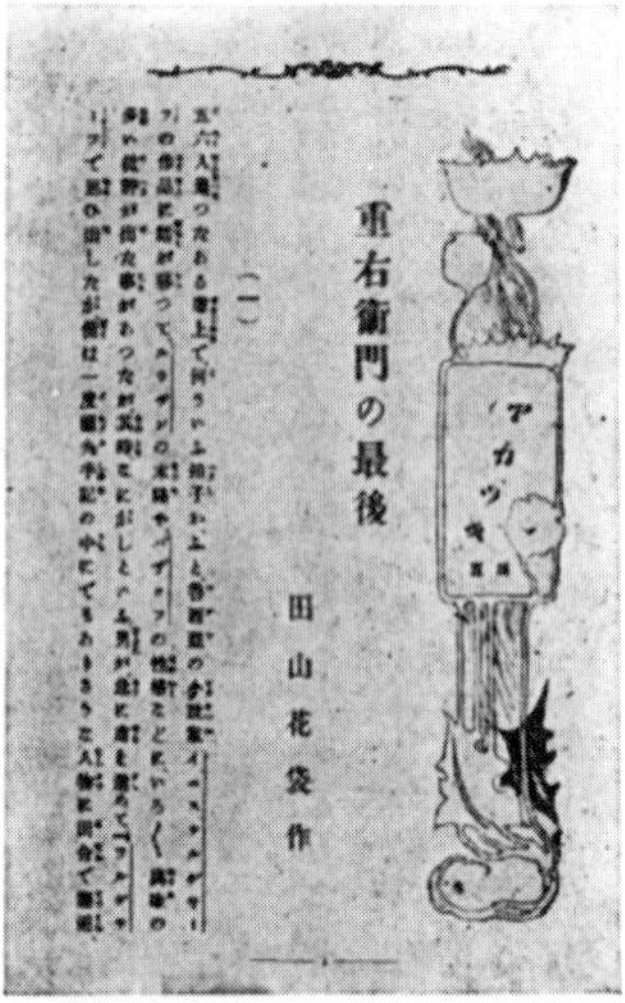
重右衛門の最後

（一）

田山花袋作

「アカツキ叢書」の『重右衛門の最後』の第1ページ

あらすじ

「私」は某私立学校に通っていたころ、長野県の塩山村出身の山県《やまがた》・杉山・根本という青年と知り合った。かれらの故郷は長野から五里、山また山の奥で、景色の美しいところであるという。それから五年後、「私」はこの村を訪れたが、一見静かにみえる村が、放火の恐怖におののいているのを知らされた。犯人はこの村の藤田重右衛門という男で、親兄弟もない野生的な少女を手先として放火させていたが、この少女が人間とは思えないほどすばしっこいために現場を押えることができず、警察でも捕えられなかった。

重右衛門というのは、村でもなかなかの家柄《いえがら》で、祖父母は慈愛心の深い人であったが、子がないため夫婦養子を迎えて生まれたのが重右衛門であった。祖父は「孫や、孫や」とかわいがったが、悲しいことに重右衛門は生まれながらの不具者であった。不具であるために生じた性格のゆがみと祖父の過度の愛情とが、後年のかれをかたちづくった。重右衛門が十七歳のとき、父親は養蚕で失敗し、田地を失い、母とともに家を出てしまっていた。このころからしだいに遊びを覚えたかれは、家から金を持ち出しては遊廓にでかけていったが、あれほどかわいがってくれた祖父の死の知らせを遊廓で聞きながら「死んでしまったものは仕方がねえ。明日帰つて、緩《ゆつく》り葬礼《とむれえ》を出してやるから、もう帰つて呉《く》れても好い。」と涙ひとつこぼさずにいった。

このころから重右衛門の評判は悪くなり、家を抵当に金を借り、それが取られてしまうと、いまいましさのあまりその家に放火して、監獄に送られるというような「暗黒と罪悪」の歴史をたどるのであった。そんなかれには、村人から「もてあまし者」扱いされようとも、不具であるため、村を出て都会で一旗《ひとはた》あげることすらできなかった。かれは習慣と因襲の強い、生まれ故郷で、無頼で放蕩《ほうとう》のかぎりをつくした。こうして村人の重右衛門への悪感情が増大するとともに、重右衛門の村人への反感も高まり、ある日、「何だ、この重右衛門一人、村で養つて行けぬと謂ふのか。そんな吝《けち》くさい村だら、片端から焼払つて了へ」と怒り、それから放火騒動が起こったのである。

「私」が久しぶりに再会した杉山・山県と談笑しているときに山県の家に火がつけられ全焼した。その翌日、きびしい警察の目をくぐって杉山の家が燃えた。さいわい大事にならなかったが、その火事見舞いの席に、酒がのみたさにみずからで火をつけながら現われた重右衛門は、村人からリンチを加えられたすえ、殺された。警察ではかれの死を怪しみはしたが、かれの行状を知っているので酒に酔って田池におち溺死《できし》したということで処分した。

重右衛門の死骸は野生の少女の手に渡された。その夜、村はすさまじい火に包まれた。翌日、全村を焼きつくした灰燼のなかにその少女の焼死体があった。

モデル

「『重右衛門の最後』ですか。あれは全く那通《あのとお》りの事があつたので、現に私は其をみました。そしてみたとをりを、正直にだいたんに書いたのです。あの作に書かれている三人の友人も、私が遊びにいつたのも、火事も、重右衛門も、其最後もそつくり其儘《そのまま》で私の作つたところは少しもありません。若しあつたら、其は終の方にある自然児についての議論、あの位のものです。」（「事実と人生」）と花袋がいっているように、これは実際にあった事件をモデルとして書かれたものである。もちろん、作品にするうえでの変更はなされており「そつくり其儘」ということはありえない。モデルについて簡単にふれてみよう。場所は長野県上水内郡三水村大字赤塩で、人物は次の通りである。

「私」	田山花袋
藤田重右衛門	藤田重右衛門
小娘	りも
山県行三郎	武井米蔵
杉山	渡辺寅之助
根本行輔	弥津栄助

新機軸

『ふる郷』『みやま鶯』『野の花』のような抒情的作品を書き続けていた花袋が、『重右衛門の最後』を書くようになったのはどこに原因があるのだろうか。

「私はそれ以前の小説と、全《まる》で別な考えを持つて書きました。詰《つま》り技巧を捨てると云ふ事です。文章などでも木地《きじ》の見えるようになるべく素朴に、事柄も遠慮会釈なく大胆に、ありのまゝの事を飾らず偽らずに、其儘書いて見ようと云ふ考です。」(『新潮』)

と花袋はいっているが、これはかれが「芸術の真意義に眼覚めた」(塩田良平)ことを示している。それは、丸善の二階で『短編集』十二冊を読み、それまで「明るい芸術的の作家」とのみ思っていたモーパッサンが、じつはけっしてそんな甘いものでなく、自然のまま、赤裸々に、大胆に深く人生を描いているのを知ったとき、かれは「ガンと棒か何かで頭を撲たれたような」深い驚異をうけた。かれの心にひそんでいた「動揺し、醱酵《はっこう》してゐた心」がたちまちそれにふれた。ロマンチックな天ばかりにあこがれていたかれは、今より現実に根をはった「地上の子」となって地を這《は》うことを決心した。人間の理想を破壊し、美を破壊し、人間の真実へとせまったのである。

『重右衛門の最後』を書くまえ、明治三十四(一九〇一)年二月に「村長」という短編を書いている。村の林の中に、暴行され殺された少女の死体が見つかった。犯人は義理堅いので評判の村長であった。六か月ばかり前に妻を失ったため、自己の肉体を持てあつかいかねたのが原因の犯行であったが、自責の念にかられ自殺してしまう、という筋であるが、すでにこのころから花袋の転換はみられたのであった。

だれもがなつかしさと親しさを持って接する生まれ故郷に、自らの手で火を放ち、それがため死を招いた重右衛門とはどういう男であろうか。

自然児の運命

母方の伯父《おじ》に人殺しをした者があったけれども、それ以外ではとくに両親は悪い人間というのではなく、また祖父母は慈愛心の深い、おだやかな人間であったので、幼いころの重右衛門は意地が非常に強いという以外、格別普通の子とちがったところはなかった。かれの不幸の原因は生まれながらの不具ということにあった。小さいときから、それがために友だちからばかにされ、それをかわいそうに思う祖父母は、ますます重右衛門を溺愛《できあい》し、ために自分をこんなふうに生んだ父母をにくむの情とがいっしょになって、重右衛門と両親との仲は非常にわるく、養蚕事業に失敗した父母は、かれを祖父のもとにおいたまま家を出てしまうのであった。溺愛する祖父との生活は、かれを「自分の思ふ儘《まま》、自分の欲する儘、即《すなわ》ち性能の命令通り」にうごく自然児に成長させた。

しかし重右衛門は根っからの無頼漢ではなかった。かれの生涯において二度ほど人間らしい心情をみせたことがあった。上尾貞七という、一時は村のもてあまし者とされて、そこに身をおくことができずに江戸に出て、資産を作ったのち村に帰ってきた男がいたが、そこに重右衛門が金を借りにいったとき、貞七はいうがままに貸し与え、そして、

「生れた村というものは、まことに狭いもので、とても其処に居ては、思ふやうな事は出来ない。私なども……覚えが有るが、村の人々に一度信用せられぬとなると、もう何《ど》んなに藻掻《もが》いても、とても其村で

は何うする事も出来なくなる。お前さんも随分村では悪い者のやうに言はれるが、何うだね、一奮発する気は無いか。」

と忠告すると、重右衛門は涙をポロポロながし、

「私は駄目でごす……」

と、自由にならない自分の身体を嘆くのであった。またあるときは、将来のことを思い、自分の家の没落をいくらかでも回復したいと、まるで人間がかわったようにまじめに働きだしたこともあった。しかし、貞七の言葉にもあるように「自然の発展の最も多かるべき」ところでありながら、「しかも歴史習慣をはなはだしく重んずる山中の村」では、一度傷ついた信用を回復することはむずかしかった。村人の冷たい眼に耐え、そしてなお故郷を離れもせずに生活していくには、かれはあまりにも重いおもりを背負っていた。それは「先天的に自我一方の性質」と、先天的に不具の体格ということである。

自己を主張するために逃げこんだ自然児としての生活も、外形は自然、内面は習慣・歴史にみちている村では容れられるはずがなかった。

「自然児は到底この濁つた世には容《い》れられぬのである。生れながらにして自然の形を完全に備へ、自然の心を完全に有せる者は禍なるかな。」

「他」なくして「個」のありえない人間社会では、自然児重右衛門は村人の手によってその生命をとめられ、そして死んだのちもなお和睦することを許されないのであった。自然児は「自然の儘なる少女」にしか

理解されなかった。

自然の究極の悲劇である。しかし悲劇でありながらも自然は「無限の生命」をもち、「生に無限の反省を請求」するのであった。だからこそ自然は、重右衛門を葬った娘の手によって、「歴史、習慣を大甚《はなはだ》しく重んずる山中の村」に火をつけさせたのであった。

未来を暗示する作品

『重右衛門の最後』は、花袋の新生面を開いた作品として注目され、かれの自然主義作家としての出発点となったのであった。かれはこれいぜんの作品とくらべものにならない大きな飛躍をとげたのであった。が、進歩とは別にこの作品の不完全さも見のがすことはできない。花袋も認めているように、自然児の不自然さ、地方色の欠如、火事の場面のまずさなどを数えあげると「小説としては断じて失敗の作」（『帝国文学』）という評が出ることもうなずけるが、しかし、これらの難点を認めながらも、この作品は花袋自身にとって新しい出発点であるとともに、自然主義文学のさきがけとして無視することのできない作品であり、花袋の小説の以後の発展を暗示させる作品である。

「蒲団」

大胆なる懺悔録

「女のなつかしい油の匂ひと汗のにほひとが言ひも知らず時雄の胸をときめかした。夜着の襟の天鷲絨《びろうど》の際立つて汚れて居るのに顔を押付けて、心のゆくばかりなつかしい女の匂ひを嗅《か》いだ。性欲と悲哀と絶望とが忽《たちま》ち時雄の胸を襲つた。時雄は其の蒲団を敷き、夜着をかけ、冷めたい汚れた天鷲絨の襟に顔を埋めて泣いた。」

という有名な文章で終わり、前代未聞ともいえるセンセーションを文壇に巻き起こし、これ以後の日本文学の方向を決定づけ、後期自然主義の表札ともなった「蒲団」は、明治四十（一九〇七）年九月の『新小説』に発表された。「蒲団」を書いた過程について花袋は『東京の三十年』のなかで、藤村・独歩の台頭により「我々の時代」がおとずれながらも、自分だけは作としてはなにもしていない、という一人とり残された気がしていたが、そのとき『新小説』からぜひ巻頭の小説一二〇枚を書くように、と話があったので全力をあげて書いた、といっている。

「蒲団」が発表されるやいなや島村抱月は、

此の一篇は肉の人、赤裸々の人間の大胆なる懺悔《さんげ》録である。此の一面に於《おい》ては明治に小説あつて以来、早く二葉亭・風葉・藤村等の諸家に端緒を見んとしたものを、此の作に至つて最も明白に且意識的に露呈した趣がある。美醜矯《たわ》める所なき描写が、一歩を進めて専ら醜を描くに傾いた自然派の一面は、遺憾なく此の篇に代表せられている。醜とはいふ条、已みがたい人間の野性の声である。

と絶賛し、「蒲団」はこの言葉に支えられて新しい自然主義時代の扉《とびら》を開いたのであった。しかし、この作がかならずしも肯定者ばかりでなく、それと同数の否定者の意見「無理想、独り合点」などの批判をも受けたのであった。しかしそれらを黙殺するほどの気運であった。

「それを打明けては自己の精神も破壊されるかと思はれるようなもの」を公衆の面前に示した花袋の勇敢ともいえる自己暴露、そしてそれを捨てばちな形でなく誠実な、朴訥《ぼくとつ》な形で示したことが、「蒲団」の力強い基盤となっているのであった。「蒲団」の文学的価値、それ自体は別として、以後の近代文学の新しい道をつくり、それまで「何等の重要なる意義と地位とを文壇に示さなかつた」花袋が、自然主義の旗手として先頭に立ち、「創作の方面において確実な基礎を据《す》えた」重要な作品である。

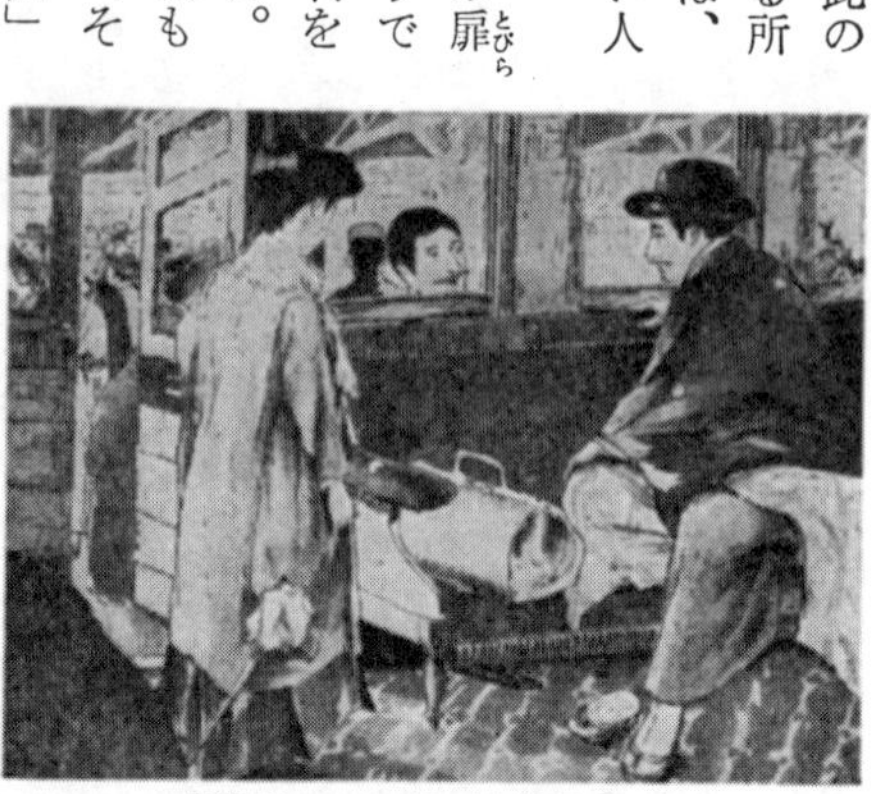

『蒲団』の口絵（小林鑑吉画）

あらすじ

かれは名を竹中時雄といった。三十六歳で三人の子どもがあり、からだのすみずみまで生活の倦怠感がしみこんでしまっている小説家である。ある日、かれのところに美しい、ハイカラな一人の女学生が入門した。名を横山芳子といい、一生を文学に従事したい、との希望に燃えていた。芳子の出現は時雄の平凡なる生活を一変させた。「芳子の美しい力に由《よ》って、荒野の如き胸に花咲き、錆《さ》び果てた鐘は再び鳴ろうとした。芳子の為めに復活の活気は新しく鼓吹《こすい》された。」

それから二年半の歳月がすぎた。芳子は神経衰弱にかかり休養のために帰郷したが、病気もなおり、ふたたび上京する途中、彼女は同志社の学生で、神戸教会の秀才、田中秀夫という二十一歳の青年と知り合い、ともに京都に遊んだ。新しい恋をえた芳子は、師の時雄を「神聖なる恋」の「温情なる保護者」とみて、いろいろと相談するのであった。

しかし、心中ひそかに芳子を愛していた時雄は煩悶《はんもん》した。芳子への嫉妬《しっと》に苦しみ、「自分に……自分に、此の恋の世話ができるだろうか。」と自問しながらも、かれは、自分の、師としての仮面をかぶり続けるのであった。時雄を頼みがいのある師と考えた秀夫は、芳子のいる東京で生活したいために、恩人の怒りを買いながらも、同志社をやめて上京してきた。打ち明けることの不可能な恋に苦しんでいる時雄は、田中の上京に怒り、まだ芳子の修業中であることを理由に、芳子の父親とも相談のうえ、若い二人の意志を無視して芳子を故郷に帰すのであった。上京したときの希望も破れ、恋人とも別れさせられて寂しく帰郷する芳子を送る時雄の胸にも、さまざまな思いがわき上がってきた。そのうしろの一群の見送り人の陰に古い中折帽子をかぶった秀夫の姿があった。

芳子のいない生活は、ふたたび時雄にさびしい生活、荒涼たる生活をもたらした。かれは芳子の蒲団に顔をうずめて泣いた。

新時代

「日常の生活——朝起きて、出勤して、午後四時に帰つて来て、同じやうに細君の顔を見て、飯を食つて眠るといふ単調なる生活」に倦きはて、そうかといって「一生作《ライフワーク》に力を尽す勇気」もない中年作家、竹中時雄にとって、今の生活は「身を置くに処は無いほど淋しい」ものであった。妻は「温順と貞節とより他に何物をも有」せず、夫が「骨を折つて書いた小説を読むでもなく、夫の苦悶煩悶には全く風馬牛で、子供さへ満足に育てれば好いといふ」ふうで、「家妻といふものの無意味」を痛感した時雄は孤独な「寂しき人々」であった。

そのかれに「一生文学に従事したいとの切《せつ》なる願望」をいだいた女学生から手紙がとどいた。彼女は「文章はまだ幼稚な点はあるが癖の無いすら〳〵した将来発達の見込は十分にある」と時雄には思えた。それが横山芳子であった。芳子は備中の新見町でも第三とは下らぬ豪家で、父も母も厳格な基督《キリスト》教信者、母は殊《こと》にすぐれた信者で、曽《かつ》ては同志社女学校に学んだこともあるという。総領の兄は英国へ洋行して、帰朝後は某官立学校の教授となっている。芳子は町の小学校を卒業するとすぐ、神戸に出て神戸の女学院に入り、其処でハイカラな女学校生活を送ったという、豪家の圧力と、宗教の厳格さと、新時代の空気を吸った時代の過渡期に育った女であった。彼女は、当時のハイカラな女学生の長所であり、短所でもある「美しいこと、理想を養ふこと、虚栄心の高いこと」という傾向を自然に身にそなえていた。そして「美しい顔と云ふよりは表情のある顔、非常に美しい時もあれば何だか醜い時もある」という自己の感情をはっきりと示すはげしい気性であった。

新しい思想にふれながら、古い制度のなかから抜けでることのできなかった時雄は、芳子という一人の女によってそのきっかけをつかむのであった。かれは「日本の新しい婦人」としての生き方を、西欧の思想を取り入れながら話して聞かせた。「自ら考へて自ら行ふやう」な人間になれと。しかし、芳子に恋人ができたとき、それは自ら考え、自らの手で恋をえたとき、時雄は「妬《ねた》みと惜しみと悔恨の念」で頭がいっぱいになるのであった。芳子への激しい思いに焦《いら》だちながらも、かれには自己の愛を告白するだけの勇気がなかった。倦怠につつまれているとはいっても、時雄には捨てることのできない妻と子があった。そのうえ、かれ自身に「初めて恋するやうな熱烈な情」がなかった。芳子よりも古い人間のかれは、理論としての新思想はもちえても実行ということはできなかった。

「時の力の恐ろしさ」を時雄は痛切に感じた。かれにできることはわずかに、酒を飲んで「温順な細君」に当たり散らすくらいのことであった。芳子が「父母はあの通りです。先生があのように仰しやつて下すつても旧風の頑固で、私共の心を汲んで呉れようとも致しませず、泣いて訴へましたけれど、許して呉れません。母の手紙を見れば泣かずには居られませんけれど、少しは私の心も汲んで呉れても好いと思ひます。恋とはから苦しいものかと今つくぐ〳〵思ひ当りました。先生、私は決心致しました。聖書にも女は親に離れて夫に従ふと御座います通り、私は田中に従はうと存じます。(略) それに、家の門地々々と申しますが、私は恋を父母の都合によつて致すやうな旧式の女でないことは先生もお許し下さるでせう。」というのと大きなちがいを示している。旧時代の時雄はけっきょく、自己の愛をかくして「正しい人、信頼するに足る人」として新時代の芳子と秀夫のために、やはり旧時代の芳子の父を説得するのであった。しかし、時雄のように新旧の間でウロウロしている人間とちがう芳子の父は「それにしても許可するのせぬのとは問題になりませんけえ、結婚の約束は大きなことでして……それには其者の身分も調べて、此方の身分との釣合も考へなければなりませんし、血統を調べなければなりません。」と一言のもとに拒否するのであった。

父の反対にあい、そしてまた、自分たちの恋が「神聖なる恋」でなかったことに苦しんだ芳子は、けっきょく父とともに帰郷するのであった。旧時代の人間の恋も、新時代の人間の恋も破れたあとに残ったのは「さびしい生活、荒涼たる生活」のみであった。「時の力」と「習慣」によって動かされる人間は、芳子の手紙の「いつもの人なつかしい言文一致でなく、礼儀正しい候文」に打ち負かされたのであった。

この作品はモデル小説として、藤村の「並木」とともに有名になったのでモデルについて簡単にふれておく。

竹中時雄　田山花袋
その妻　田山リサ
横山芳子　岡田美知代

その父　岡田胖十郎
田中秀夫　永代静雄
花袋は「蒲団」について、
「私の『蒲団』は作者には何の考えもない。懺悔でもなし、わざとあゝした醜事実を選んで書いた訳でもない。唯自己が人生の中から発見したある事実、それを読者の眼前にひろげて見せただけのことである。」(『小説作法』)
とのべているが、花袋の飾らない性格と調和して、中年の男の片恋という滑稽《こっけい》にさえ見られることを題材としながらも、緊張した文体で文芸作品としてすぐれたものとし、「文学を浪漫的な空想的な美しさから、真実なもの」へと導いた役割を果たす作となったのであった。そして花袋自身としても「近ごろ書いたもので最もすぐれている」作品であるといえるものであった。

「生」

三部作

「生」は明治四十一（一九〇八）年四月十三日から七月十九日まで『読売新聞』に連載された。花袋にとって最初の本格的な長編連載小説である。連載終了後の十一月、易風社《えきふうしゃ》から出版された。続いて書かれた「妻」「縁」とともに三部作といわれ、「生」は明治三十一、二年の母を中心に、「妻」は三十二年から三十七年の妻を素材に、「縁」は四十年から四十三年の作者の思想をのべているが、そのなかで「生」は第一のできばえといえる。内容的にはこれに『蒲団』を加えて四部作ということもできる。

あらすじ

吉田家の長男で下級官吏の鐐が三度目の嫁を迎えた。最初の嫁は、男の子を生んですぐ子癇を起こして死んでしまった。貧しい生活と姑《しゅうとめ》との間の苦労が原因であった。二度目の嫁は男の子を生んで添い寝をしているとき、あやまって窒息《ちっそく》させてしまったために離縁となった。老母の強硬

『生』初版本の表紙

な主張によってであった。

鐐の家の裏には、次男の銑之助が若い妻といっしょに作家という不安定な貧しい生活に耐えながら住んでいた。三男の秀雄は軍人で弘前の連隊に配属されていた。吉田の老母は、西南の役で夫を失ってのち、気むずかしい姑に仕えながら賃仕事で一家を支えてきた女丈夫であるだけに、今は成長して一家の主人となった子どもたちも、母には頭があがらなかった。腸結核で病床にいる母は、気の強さに加えて近来ますます気むずかしくなり、周囲の者を手こずらせるのであった。そのなかで比較的老母から可愛がられているのは、やさしいすなおな銑之助の妻のお梅であった。鐐の三度目の妻のお桂は、少しだらしがない性質のため、年中、老母から小言をいわれるのであった。温和で妻のいいなりになっている鐐と、空想家で生活のメドも立たない銑之助を見るたびに、子どもたちにかけた期待の今はむなしいことを知り、母の心はますますすさみ、陰気な争いの絶えない家となっていた。

そんな老母に手を焼いた鐐は、妹の、今は桐生《きりゅう》の機屋《はたや》に嫁いでいるお米に母を看病させよう、と呼びよせたのであったが、気が強く年中働きのない夫とけんかばかりしながら子どもだけをつぎつぎと生むお米と、鐐の妻のお桂とは気が合わず、来る早々からごつごつとするのであった。老母の荒い声と、お米とお桂の争う

『妻』初版本のとびら

『縁』初版本の口絵　和田英作筆

声、その間でどうすることもできずにいる鐐と銑之助とお梅、そして周囲を無視して自己の快活さを発揮している若い秀雄、それらの子どもたちに見守られながら母は息を引き取った。

母から解放された吉田の家は、今は鐐とお桂の家庭となり、明るい笑い声がつねにきこえるようになった。

皮剥の苦痛

「生」を書いた時分について、花袋は『東京の三十年』で次のようにいっている。

「その四五日前から、島崎君の「春」が朝日に連載されたので、従って、一層奮闘しなければならないやうな気がした。

私は自分の文学的位置が非常に危険な位置にあることを自覚した。又一面非常に大切な位置に置かれてある事を思つた。」

独歩・藤村に追いつくべく書いた『蒲団』で、そして、それによって恋か芸術かの二者択一をせまられて芸術を取った花袋は、ふたたびこの大事な時期に母と兄の家庭を赤裸々《せきらら》に描き、皮剝の苦痛を感じつつも情を捨て、芸術を選んで文壇に不動の地位を確保したのであった。しかし、これがために花袋は「許すべからざる忘恩漢か何ぞのやうに言はれた」（『近代の小説』）のであった。

「生」が書かれたのは母の死後九年目であったが、花袋はこの題材を何年間かその胸中におさめ、育ててきたものである。そして極度に限定された——自分の周囲の数人と一、二年間のこと——範囲を描いている。

モデルについて簡単にふれておこう。

「生」		「妻」	「縁」
母	田山てつ		
鐐	田山美弥登		
お桂		お三輪	
お米			
銑之助	田山花袋	勤	清
お梅	田山リサ	お光	
秀雄	田山富弥	勇造	
舞台	牛込喜久井町の田山家		

『生』の世界

花袋は「生」の予告を新聞に載せたが、それには次のように書いている。

人生の生き生きした或一片を捉《とら》へ来て、従来不徳として賤しめられ、醜として捨てられた境に、ある真実の正しい内心を見たいといふのが希望です。舞台は中流社会、人物は親と其子等、事件は家庭の衝突と死、出来るならば自然力の圧迫の烈しさをも其の中に顕したいと思ふ。

明治三十年代の中流家庭、それは母という旧時代、つまり家を象徴するものと、子どもたちとその妻の新時代の対立、家族制度と個人との矛盾、そして人間のさけることのできない「死」とが描かれている。

母は「其頃五十一二であった。士族が禄を失った維新前後の浮世の大波を被《かぶ》りながら、早くから夫に別れて難しい舅《しゅうと》の世話、多い子供等の教育、忍耐に忍耐した不満の情は今に及んで、一種嶮《けわ》しい荒涼たる性格を形づくつた。望を懸けた子供等がひとりは役所の下級官吏、ひとりは物の役に立たぬ空想家、ひとりの娘は田舎の貧しい機《はた》屋の細君、息子《むすこ》共が成長《おおき》くなつて東京に出られるやうになつたらと、いろ〳〵に楽しんだ美しい空想は片端から脆《もろ》くも崩《くず》れて、嫁は皹《あかぎれ》だらけの手、世の常の大きな足、それにちやほやする長男を見ると、むしやくしやせずには居」られなかった。夫婦というものの楽しさを味わわせてもらえなかった母の悲しい嫉妬である。そんななかで病に倒れた母は、思うようにならない自分に腹を立て、いらいらし、親よりも夫を、妻を、大事にする嫁や子どもたちにあたり散らすのであった。それは自分の力で押しとどめることのできない、時代の流れに向かって抵抗しているような無益なものであった。無益であればあるだけに、ときには悲しく、心細くなって「鐐！死ぬのが厭《いや》だ。こんな好い娑婆《しゃば》に生まれて来て、子供等も皆大きく立派になつたのに、死ぬのは厭だ！」と嘆き、「死んだら、お墓参《はかまいり》などをして呉れなくつても好い。花なども上げて呉れなくつても好い。兄弟仲好くしてね、養生をして、長生きをして楽しく世の中を送つてお呉れ」

というのであった。母は病床にいて、またたくまに自分が一生をかけて守り通して来た家が変貌するのを眼にするのだった。「己が死んだら、仏壇や神棚などどんなになつて了《しま》ふか解《わか》りやしない。御燈明《おとうみよう》一つだつて上げる奴はありやしまい。」といった母の言葉そのままに、まだ母親の生きているうちから仏壇も神棚も忘れられ、塵埃《じんあい》の中にうずもれてしまうのであった。

そして、この母と同じように家にしがみついていたお米も、母の死とともに新たに生きていかざるをえなかった。墓参を済ませた翌日、彼女は母の家に別れを告げた。田舎の生活はつらく、夫は頼りにならないけれども、この家はもう「親の家では無い、兄の家だ！」

新時代に生きていた銑之助も、しかし「母の家」から「兄の家嫂の家」へとかわったのを悲しむ一人であった。銑之助とお梅は母という楯《たて》なくして世に立たなければならなくなった。

「母様が死んで了つた。もう一人だ。」

見ると夫が泣いて居るので、お梅も悲しくなつた。慰むべき言葉も出ない。

「もう一人だ！」と、銑之助は繰返して言つて、「もう力になつて呉れるものは無い。お前と二人で此世の中を渡らなければならない。」お梅も催されて泣いた。少時《しばし》は沈黙に落ちた。やがて、

「本当に力になつて下さる母様でしたのに……」とお梅は言つて、

「けども、もう仕方がありませんから……二人で一生懸命に、どんなことでもして。」

二人は始めてうき世の波に触れたやうな痛切な悲哀を感じたのである。夫婦としての意味以上に、ある

力強い密接な関係がかれ等の上に生じた。

しかし、鐐とお桂は「始めて一家の主人になり得たやうな心地」がして、にぎやかな笑い声をあたりにふりまくのであった。

こうした嫁と姑、母と成人した子どもたち、日本の家庭ではどこにでもあるできごとを、さけることのできない人間の運命「死」と、それと対照的な「生」とを並行させながら赤裸々に描いた作品であり、「如何にも人生の面影がすら〱と捗らへた様な処がなく現はれている」のであった。それは当時の人々の胸に重く強く印象づけ「裏店長屋の汚ない絵のやうだ」（漱石）といいながらも「いやだけれども犇々《ひしひし》と我々に迫る問題」（生方敏郎《うぶかたとしろう》）と告白せざるをえないのであった。

こうしていっさいの虚飾・妥協をふり捨てて新しい芸術としての「生」を描いた作者には多くの好評の声が待っているのであった。「『生』を以って先づ氏最上の出来ばえと見ても決して其前途を見くびった事にはならぬ。」（生方敏郎）と称賛され、競争者藤村の『春』とくらべても少しの遜色《そんしょく》のない、むしろより評判のよい作品であった。

田舎教師

『田舎教師』は、明治四十二（一九〇九）年十月、左久良《さくら》書房から出版された。四十年九月の『蒲団』、四十一年四月『生』十月『妻』と引き続いての長編小説であり、花袋の最も充実した時期の作品である。

日本の青年像

花袋の親友であり、義兄でもあった太田玉茗が明治三十二年五月に埼玉県羽生《はにゅう》の建福寺の住職となったので、花袋はしばしばそこを訪れた。この寺に『田舎教師』の主人公林清三のモデル、小林秀三が下宿していた。

「私は戦場から帰つて、間もなくO君を田舎の町の寺に訪ねた。その時、墓場を通りぬけようとして、ふと見ると、新しい墓標に、『小林秀三之墓』といふ字の書いてあるのが眼に着いた。新仏らしく、花などが一杯にそこに供へてあつた。

寺に行つて、O君に逢つて、いろいろ戦場の話など

小林秀三の墓とならんでいる『田舎教師』の碑

をしたが、ふと思ひ出して、「小林秀三つていふ墓があつたが、きいたやうな名だが、あれは去年、一昨年あたり君の寺に下宿してゐた青年ぢやないかね。」

「さうだよ」

「いつ死んだんだえ？」

「つい、此間だ。遼陽の落ちた日の翌日か何かだつたよ」

「可哀相なことをしたね。何だえ、病気は？」

「肺病だよ」

「それは気の毒なことをしたね」

私はその前に一、二度逢《あ》つたことがあるので、微《かす》かながらもその姿を思ひ浮べることが出来た。」(『東京の三十年』)

ここに小林秀三の姿が浮かび、それによって「明治三十四五年から七八年代の日本の青年を調べて書いて見よう」と考えたのであった。花袋が小林秀三の死を知ったのは、日露戦争から帰った明治三十七年の九月ごろであり、それから五年の歳月が流れた。その間に花袋のなかで小林秀三の姿はしだいにはっきりしてきた。

「それから言ふのを忘れたが、私はその『蒲団』の校正を日光の山内の僧房の中でした。その八月(明治四十年)は私は若い姪《めい》をつれて、十五日ほどそこに避暑に行つた。私は二三年前にその題材を得た「田舎教師」を何うかして少しでも好いから書き出して見たいと思つて行つた。しかし、遂にそれは書けなかつた（『東京の三十年』）

こうして『田舎教師』が起稿されたのは四十二年六月の二日か三日であった。

あらすじ

中学を卒業した林清三は、友人たちと同じように東京に遊学することを望んだが、貧しい家庭ではそれは夢でしかなかった。詩や歌にあこがれ、文学への夢をいだき、将来への希望を胸に秘めて、かれは弥勤《みろく》の小学校の教師となった。小学校教師としての生活は、かれにとっていごこちの良いものであった。同僚の先生は良い人ばかりであり、子どもたちはかわいかった。

その清三の心を乱すのは、東京に出ている友人からの希望にみちた手紙であった。田舎にいる友人たちの中で同人雑誌を出す計画があり、その原稿を頼みに行ったことから成願寺《じょうがんじ》の方丈と知り合い、清三はその寺に下宿することになった。方丈は若いころは文学ですこしは名を知られた人であった。清三は文学に楽しみを見いだしながら、同級生で羽生の郵便局に勤める荻生《おぎゅう》君と親しく交わりながら、また日曜日には行田《ぎょうだ》の父母のもとに帰り、親友の加藤と語りあかすという毎日が過ぎていった。加藤は同級の北川の妹、美穂子《みほ》にひそかに思いを寄せ、その胸の苦しさを清三に告げるのであった。清三も心中深く美穂子を愛していたが、加藤の思いを知ってからは自分はあきらめようと決心する。

美穂子への断ち切れぬ思いと、自分ひとり田舎でくすぶっているというあせりとが、清三をいらだたせ、さびしくさせた。そのさびしさをいやそうとかれは利根川べりの中田の遊廓にひとり出かけるのであった。

かれはしだいに深みにはいりこんでゆき、友人や同僚から借金してまで行くようになり、評判はしだいに悪くなった。しかし、なじみの女が清三の知らないうちに身請けされてしまうと、かれの足は遊廓から遠のいた。

音楽の好きな清三は、今の境遇から抜けでるため、上野の音楽学校をうけようと勉強したのであったが失敗した。絶望と悲哀と寂寞《せきばく》から、清三はふたたび自堕落な生活に陥ったが、まもなく新しい運命を開くべく立ち上がった。

しかし、このころから清三はどうもからだの調子が思わしくなく、熱があり咳《せき》が出、からだがだるかった。世間が日露戦争でわきかえっている時、すでに清三は病いのため床を離れることができなかった。かれは見舞いに来た方丈にこういった。

「国家の為めに勇ましい血を流している人もあるし、千載の一遇、国家存亡の時に邂逅《でつくわ》して、廟堂《びょうどう》の上に立つて天下と共に憂ひている政治家もあるのに、……こうして碌々として病気で寝ているのは実に情ない。和尚さん、人間もさま〴〵ですな。」

「遼陽占領《りょうようせんりょう》！　遼陽占領！」の声が町々に響きわたった時、清三は動けぬ体で限りない喜びを顔一面にあらわした。かれは思った。

「屍となつて野に横はる苦痛、その身になつたら、名誉でも何でもないだろう。父母が恋しいだろう。祖国が恋しいだろう。故郷が恋しいだろう。しかしそれ等の人達も私よりは幸福だ」

町には提灯行列が通り、「万歳！　日本万歳！」の声がにぎやかに聞こえた。その声に包まれながら清三は貧困のどん底で、老いた父母にみとられながら死んだ。

私の小林秀三君

花袋は「私は其後其人の死を聞き、其人の哀れむべき志を主僧から聞いたが、まだ其頃は書こうとも何とも思つてゐなかつた。」（「秋寺日記」）のであったが、小林秀三の唯一の文学作品ともいえる日記やメモを見ているうちに非常な親近感をいだいたのであった。

それは、日記から浮かび出る秀三という青年が、詩や歌にあこがれ、今は貧しいためにこれらの十分な才能を発揮する機会に恵まれないが「いつかかならず」という希望をいだいていることと、舞台が花袋の故郷に近いため、秀三の若い心がいっそう心にしみ通って感じられたことと、「遼陽陥落の日に……日本の世界的発展の最も光栄ある日に、万人の狂喜している日に、さうしてさびしく死んで行く青年もあるのだ。事業という事業もせずに、戦場へ兵士となつてさへ行かれずに」という秀三に対する同情の念と、花袋が従軍記者として明治三十七（一九〇四）年三月二十三日に新橋を立って満州に向かったとき、腸チフスの疑いで病に倒れ、海城兵站病院伝染室《かいじょうへいたんびょういんでんせんしつ》に隔離されたときの日記に書いたかれの感情と、秀三の病床における気持とが合致するところがあったからである。

「遼陽、遼陽、これはわが金州に居る頃から夢みつつあつたところである。それが、今になつて、此始末で其大戦を見ることが出来ぬとは！／……自分は仰向《あおむ》けになつた儘《まま》、さま〴〵なる思に胸を悩したので。腸窒扶斯《ちょうチフス》—死—父の日記—自分の日記—寡婦—孤児……」

この花袋の心持ちは秀三の心持ち——死の一日前までつけてある墨もうすく字も大きく拙《つたな》く書いてある日記——でもあった。花袋は秀三の日記を中心に、秀三の歩いた道を歩き、弥勤の学校を訪れ、小川屋に休み、友人に会い、両親に会い、踏査《とうさ》という新しい方法によって、ついに、「小林秀三君はもう単なる小林秀三君ではなかつた。私の小林秀三君であつた。」という心境にまでなったのであった。「かれ（秀三）の眼に映じたシーン、風景、感じ、すべてそれは私のものであつた。私は其処の垣の畔《ほとり》、寺の庭、霜解の道、乗合馬車の中、到る処に小林君の生きて動いている」のを見るのであった。こうした作者と主人公とが深く雑《まじ》り合った心境で書いた『田舎教師』は、「人間の魂を取扱つたやうな気」がして楽しいものであった。

『田舎教師』には何人かの明治三十年代の日本の青年が登場する、清三・加藤・荻生君・関さんなどである。加藤は清三の親友で、恵まれた家庭に育った、好男子ではないが体格の大きい「男らしいきつぱりした処」がある青年であった。加藤は、清三が美穂子に恋をしているとは知らずに、自己の恋のやるせなさをすなおに話すのであった。

加「如何んなことでも人の力で尽せば、出来ないことはないとは思ふけれど……僕は先天的にさういふ資格がないんだからねえ」

清「そんなことはないさ」

加「でもねえ……」

清「弱いことを言ふもんぢやないよ」

加「君のやうだと好いけれど……」

清「僕が何うしたツていふんだ?」

加「僕は君などと違つてラブなどの出来る柄ぢやないからな」

清三は郁治をいろ〳〵に慰めた。清三は友を憫《あわれ》みまた己を憫んだ。

こうして「恋を褒《つつ》める青年の苦しさ」を嘆きながらも「新しき発展」をみ、ついに恋の勝利者となった加藤は、自分の境遇から抜けでられずに悩んでいる清三に、

「だつて、そんなことはありやしないよ。君、人間には境遇に支配されるといふことは、それはいくらかはあるには違ひないが、何んな境遇からでも出ようと思へば出て来られる。」

と、人生を積極的に歩む青年であった。それは涙と空想とで満されている清三が、自分の告白できぬ恋に、

「あの時――郁治がそれと打明けた時、何故自分もラブして居るといふことを思切つて言はなかつたらう。」

と苦しむ姿とは対照的であった。

荻生君は、中学を出るとすぐ郵便局に勤めて、不平も不満もなく世のなかを送り、

「いや、草を取つて、庭を綺麗《きれい》にするといふことは趣味があるものです。」

と、やさしく笑う青年であった。友だちのずんずん新しい方向に行くのをもうらやまず、運命に従順している荻生君の態度は、清三にはあきたらないものであった。しかし、清三が世に出、さまざまな苦労をした後

の荻生君は、清三の眼にはそれいぜんの荻生君とはちがって映じた。

「曽《かつ》て此友を平凡に見しは、わが眼の発達せざりし為めのみ。荻生君に比すれば、われは甚《はなは》だ世間を知らず、人情を解せず、小畑、加藤を此友に比す、今にして初めて平凡の偉大なるを知る。」加藤の率直さ、力強さにも、荻生君の平凡なる偉大さにも徹底できなかった清三は、「好んでしかも詩人となり得ず、さればとて俗物となり得ず」に、恋から、世から、友情から、家庭から、すべてのものに消極的になり、孤独な自己の中に陥って行くのであった。清三のわずかに残された光は、純真なる幼き子らへの夢であった。

「あゝ、われをして少年少女を愛せしめよ。又もかくての世に神は幸を幼きものにのみ下し給へり。あわれをして幼きものを愛せしめよ。」

清三も、加藤も、荻生君も、みな明治の時代を生きる青年であり、若き日の花袋の分身でもあった。そしてまた現代の青年の姿でもあった。

今日なお多くの青年読者を魅了し、本を片手に、美しい利根川べりを歩きながら、貧しくして死んだ薄幸の田舎教師をしのぶ姿が絶えないのである。

時は過ぎゆく

無名の人　『時は過ぎゆく』は大正五（一九一六）年九月、新潮社から刊行された長編小説である。花袋は「ある友に寄する手紙」のなかで、次のように書いている。

「時々私は私の傍にある大きな日記を繙《ひもと》いて見ることがあります。それは維新から維新以後にかけて生きてゐたある無名の人の長い〳〵日記です。（略）最近百年間の日本の歴史の上で、この無名の人の生きた時代ほど変遷の烈しかつた潮流の大きかつた時代はあるまいと私は思つてをります。」

花袋は、自身もその一端を味わった維新後の人々の生活を、時の流れに従って、じっと運命に忍従して生きた平凡な人間、叔父《おじ》、横田良太の明治初年から大正初年までに至る約四十年間の日常的なできごとを書いたのであった。これは『田舎教師』の「荻生君」の、より発展した姿であるといえよう。この作品のなかには、花袋一家のこともくわしく描かれている。

あらすじ　明治維新によって武士ではなくなった青山良太は、今は東京に出、政府の要職についている主人に、妻のおかねとともにふたたび仕えるのであった。そして久しく無人のままで荒れはてていた主人の、東京の屋敷の整理に力をそそぐのであった。おかねの兄の岡田政十郎も館林藩の武士であったが、新たに警察官となって上京した。

社会は新政府のもとで安定したかのように思えたが、まもなく不平士族の乱が起こり、それを鎮圧するための志願兵を警察官から募《つの》った。岡田は周囲の人々が反対するにもかかわらず、出世欲から志願して出征したが、不運にも戦死した。岡田一家は父の戦死によって田舎に帰った。

さびしかった良太の住んでいるあたりも、時とともに自然ににぎやかになっていった。主人の屋敷にもいろいろなことが起こった。主人の妾が、新たに主人夫婦と同じ屋根のもとで住むようになったが、ために奥方と妾との間には争いが絶えなかった。そしてこの争いで一人の女中が死んだ。おつるといいおかねの姉であった。町内にもいろいろのことが起こった。何か事あるたびに良太は人々から相談相手にされた。かれの生来の誠実さが人々をひきつけるのであった。岡田の長男の実が勉強のため上京したとき、良太はわが子のようにかわいがった。数年して実は学問を修め、職も決まったので田舎の家族を呼びよせた。そして良太の娘のお初と結婚した。実の母のお幾《いく》は、長い苦しい後家の身で今まで一家を支《ささ》えてきただけに、気の強い女であったため、実と母、母と妻との間には葛藤《かっとう》が絶えなかっ

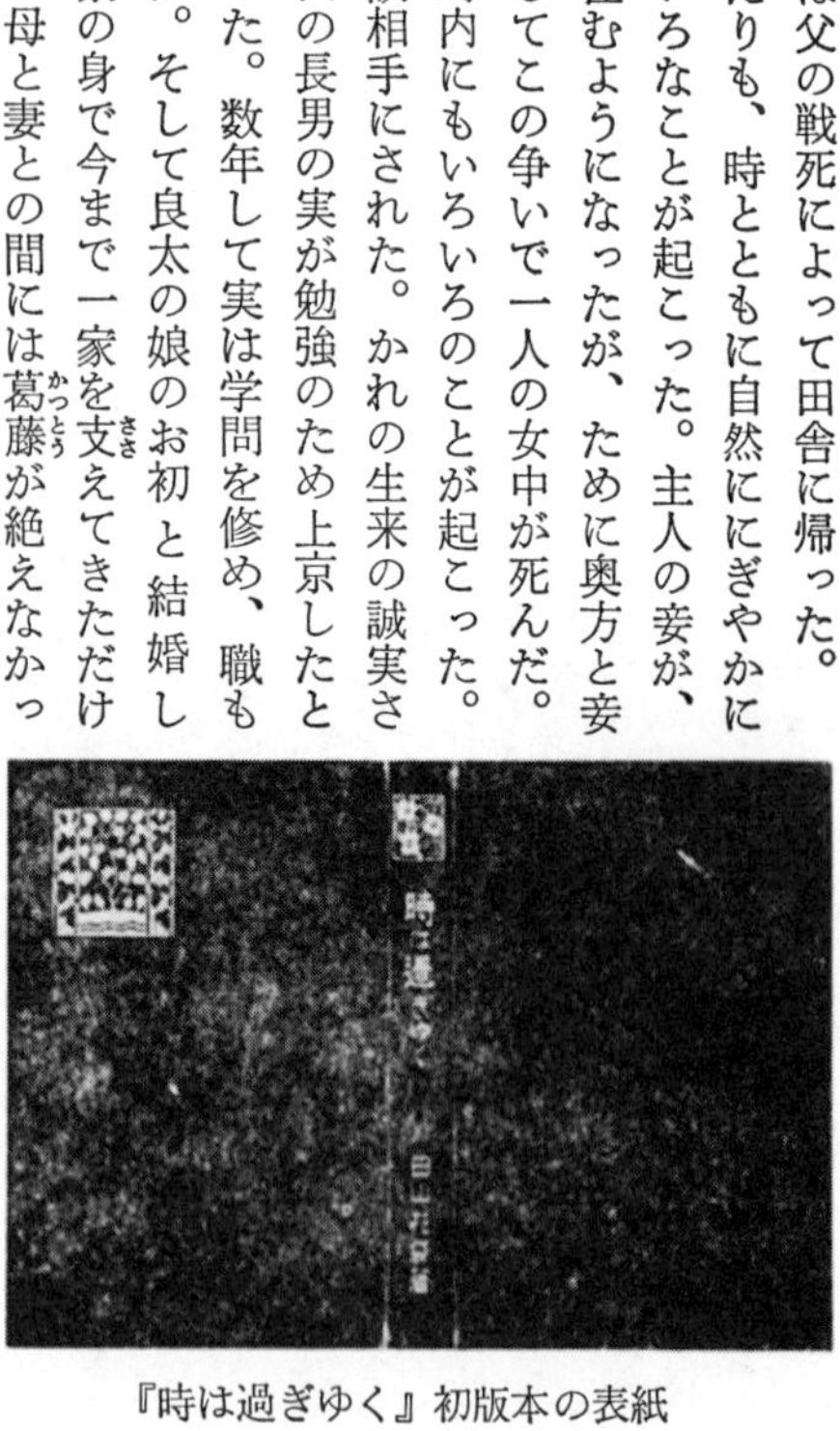
『時は過ぎゆく』初版本の表紙

た。そのため実一家の新しい生活は暗かった。お初はそんななかでみごもったが、心労がもとで男の子を生んですぐに死んでしまった。

　良太にはお初のほかに詮造《せんぞう》という長男があったが、頼りにならない風来坊であったので、なおいっそうお初をかわいがり、気心の知れている実の嫁にすれば心配がないだろうと考えていただけに、お初の突然の死は大きな打撃であった。しかし、良太夫婦はその悲しみを内に秘めて黙々と働き、前と変わらずに実の力となって、なにくれとなく面倒をみるのであった。お初の死、詮造の行方不明という不幸に重ねて、良太の身にまた不運がきた。それは、かれらが長い年月をかけて一生懸命に貯えた金を、旦那のすすめる銀行に利子がよいというので預けたのであったが、その銀行が破産してしまったのである。良太五十三歳、おかね五十一歳のときであった。老いつつある二人は、めっきりとふけこんだ。

　実は再婚し、実の弟の真弓《まゆみ》も結婚した。良太夫婦の住んでいる土地は、おびただしい変化のようすをみせはじめた。良太が長年かかって整理した裏の土地は、旦那の一存で上水地にされるために値よく売られた。良太の事業であり、楽しみでもあった畑や林や樹木や竹やぶは、土地の値段が上がるにつれて容赦なく売られていった。使用人である良太は、いかにその土地に愛着をもっていようとも、だまって見ている以外なかった。

　実一家を悩ませていた母のお幾が死んだ。実の家には新しい生活と笑いと平和とが訪れた。しかし、この平和も長くは続かなかった。実がまもなく失業し、そのうえ病に倒れた。良太とおかねは実を頼りとしていただけに、その心配はひと通りでなかった。良太夫婦の誠実な祈念も届かず、実は貧しい生活の中で一生を終えた。良太は実の死に会ってからますます老い、めっきり白髪《しらが》がふえた。今の良太の楽しみは甥《おい》の克巳《かつみ》の子、武雄を育てることであった。克巳は事情があって自分で育てるわけにいかず、叔父に預けたのであった。
ある年の二月の晩、おかねは風呂《ふろ》にはいって風邪をひいたのが原因で床についたままとなった。十一月のある晴れた日に、おかねは息を引き取った。良太は長年連れ添った老いたる妻の死に深い悲哀に沈んだ。

自然の「跡」

「誰でも過ぎ行く一生を或る一個人の一生の中に見せたいと思つて筆をとつた。……無窮の人々の『一時』を描いて『無窮』の人生を暗示しようとしたのが目的である。」と、花袋は『時は過ぎゆく』の広告文で書いているように、この作品のテーマは過ぎゆく「時」そのものであろう。良太は誠実に人生を歩みながらも、運命にもてあそばれ「艱難《かんなん》に充ちた生活」を送る。しかし良太はそれにじっと耐え、平凡ではあるがせいいっぱい生き抜くのであった。それは「偉大であり、……一種聖に近いもの」（中村白葉）であるといえよう。「過ぎゆく時」を花袋はこの作品の全編にただよわせ、かなしい色調で描いている。それは、垣はこわれ、畑は捨てたままに、草やぶが人のはいれないほどに深く繁っていた屋敷を、しだいに整理していくのと並行して、周囲がだんだんとにぎやかになり、そしてその屋敷が自分から離れて行くのと、頼りにしている若い人々、お初や実の死、そして老妻の死、それらの移りかわりのなかで、少しもかわらずにいる良太、それは誠実であり、尊敬できる姿であったとしても、しょせんは時代に捨てられた人間の姿であった。善良な、平凡な庶民の弱い姿であった。

作中の主人公、青山良太は花袋の叔父、横田良太をモデルとしたものである。次にモデルについてふれてみよう。

おかね　横田まさ（田山鍋十郎の妹）
岡田政十郎　田山鍋十郎
お幾　田山てつ
石川てつ　石井いつ（花袋の長姉）
石川　石井攸　（いつの夫）
実　田山実弥登
お初　田山登美（横田良太の娘）
真弓　花袋
克巳　田山富弥
主人（旦那）　岡谷繁実
おつる　田山いゐ（鍋十郎の妹）
おかつ　小倉かつよ（花袋の次姉）

横田良太は百姓の出身であったが、武士になりたいために士族の青山家の養子となったが、養家とうまく行かず、のち離縁した。作中ではこの養家の名前で出てくる。

良太は作品に書かれているように、実直な素朴な人柄《ひとがら》で、「何うも、あの新町の叔父叔母の真似は出来ない。あんな人は少ない。貧しいなどと言ふことは少しも苦にしないで、あゝして運命に安んじて仕事をしているんだからね。そして自分のことは、皆自分でして、けつして人に指をさされるやうなことはないんだから、職人達に信用があるんでもわかる、あんな汚い恰好をして、草鞋なんか穿《は》いて、町を歩いてゐても、皆な人が尊敬して行くんだから……。何うもあの真似は出来ない。」「あの叔父叔母には蔭日向がない。いつも同じやうな平らな心持でゐる。何んなことが起つてもびくともしないようなところがある。」と花袋に感嘆の声を出させている。

この叔父と叔母の生き方――無名の人の長い長い日記――が花袋の心を強くゆすぶり、この作品を書かしめたのであった。そしてこの作品は、花袋終生の念願であった、明治維新の際の士族階級の没落を描くための前奏曲的な意味も含んでいよう。

一兵卒の銃殺

司法省の記録

『一兵卒の銃殺』は、大正六（一九一七）年一月、春陽堂から刊行された。初版本の最後に、この作品の材料の出所や、犯罪を犯すに至った原因などを評した部分があったが、のち全集に載せるときに、花袋はこの部分を削《けず》っている。この小説は、柳田国男から司法省の記録の「厚い浩《こう》瀚《かん》な調書」を見せられ、興味をいだき、その地を調査したのち、二か月かけて書いたものであった。花袋は次のようにいっている。

「それは恰度《ちょうど》今から七年前のことであつた。仙台の少し手前に岩沼といふ所がある。其処の嶽駒稲荷《たけこまいなり》に全くあの通りの悲劇が起こつたのは。つまり『一兵卒の銃殺』の主人公要太郎は、脱営して其処に二日間潜伏し、遂に自からの関係した女の家を焼いてしまつたのであつた。此事は当時の新聞にも書かれた事実であつて、私は其後岩沼駅を訪れた時に、其焼出された家族の者にも会い、彼等の口から直々《じきじき》、当時の光景をも委《くわ》しく聴き取ることが出来たのであつた。」（『時事新報』）

そして「実際は岩沼で起つた出来事ではあるが、私はそれを関東平野に移して」書き、地名をMとかTとかにしたのであった。これは、作品に出てくる人の関係者に迷惑の及ぶのを心配してであった。花袋の作品には、戦争を主題としたものとして『田舎教師』や『一兵卒』などのすぐれた作品があるが、これは、花袋の従軍の経験が生かされたことを示している。

あらすじ

田舎《いなか》の三等郵便局の二男、要太郎は評判の不良であった。老祖母と父母、兄と妹の円満で経済的にも恵まれた家庭で育ったかれは、老祖母からは非常に愛されたが、どういうわけか父母や兄とは仲がわるかった。それだけに祖母が死んでからのかれの生活は索莫《さくばく》たるもので、成年期が近づくにつれ、しだいに悪くなり、学校も二度まで落第するし、家の金をごまかして女郎屋に通ったりして、「えらいわるが出来たもんだ。今にあれや何んなことをするかわからねえ。」と町の人からうわさされるほどであった。しかし要太郎には、ほかの人とおなじようにやさしい心、美しい心をもっている自分がなぜこうまで悪くいわれるのか、わからなかった。父母に見離され、人にも見離されたかれは、自己の道を開こうと家出もし、また南米に移民することも考えたが、過去の行状がわざわいして、まじめな希望も聞いてもらえなかった。狭い世界で、そこから抜け出すこともできず、かれはもんもんのうちに日を送った。その間にかれは妻をめとったが、まもなく兵隊として徴集された。

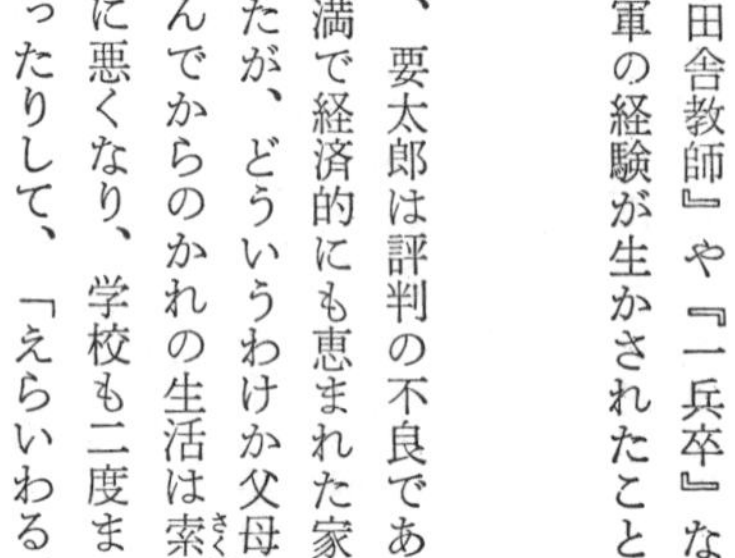

『一兵卒の銃殺』初版本の表紙

入営してしばらくの間のかれは、反抗的な暗い態度のためか非常に評判がわるく、班長や上等兵になぐられたり、営倉に入れられたのもたびたびであった。しかし去年、戦争にいって戦場での勇気ある行動が、かれを不名誉から救った。要太郎にはそれがうれしかった。

一週間のきびしい勤務から解放されたある日曜日、要太郎は遊びすぎて帰営の時間に遅れてしまった。遅刻、営倉などはよくありがちのことで、おとなしく制裁をうければなんでもないことであるが、しかしようやく名誉を回復しかけた生活にはいった要太郎にとっては、そんな簡単なものでなく、すべてが破壊されてしまったように思われた。かれにはどうしても遅れて兵営の門をくぐることができなかった。

一時間後、要太郎は川のほとりにぼんやりと立っていた。帰らなければという気持ちと絶対に帰れないという心とが、かれの頭をかけめぐった。かれはあてもなくM市のほうへと歩いていった。それは、その南のほうにある、ある一区画にいる女を思い出したからであった。人目につかないように暗いところを歩いて、女のもとへと行きながらも、身も心も疲れはてていた。不安と絶望と焦燥とがかれを責めた。その女のもとで身を休め、翌朝早くそこを立った。そのとき、かれの懐中には、その帳場から夜ひそかに盗んできたいくらかの金があった。

要太郎は、M市からT町のほうへと歩いていった。軍服姿を町の人に見られるのを恐れながら、昨夜の悪事が思いだされ「運命は一夜の中に益々その轍《わだち》の中に深く入」っていくのを思い、もはや「何うしても遁走するより他に仕方がない」と考えた。自分の生活も、存在も知らない町へ行こうと決心した。かれは歩いた。

子どものころのこと、軍隊でのこと、なじみの女のことを考えながら歩いた。泣きながら歩きもした。空腹と疲労と、そして「あの時躊躇《ちゅうちょ》せずに、営門の中に入って行けば好かった。何故行かなかったか。何故……」と後悔の念をくりかえしながら。

T町で要太郎は相馬屋《そうまや》という、古い三階だての大きな旅館に泊まった。軍服をぬぎ、ほこりを洗い流しながら、「あやしい運命の中から活路を求める」ことを考えた。かれは、偶然にも、風呂《ふろ》場から出たところで、昔自分の家に奉公していたお雪という女と出会った。お雪はやさしい娘で、だれからもつらく当たられる要太郎を真実愛してくれたが、二人のことが要太郎の母に知れて暇をだされ、苦労したすえ、この相馬屋に勤めたのであった。そのときの要太郎の態度は非常に冷酷なもので、お雪はかれを憎みながらも、いざ会うとなつかしさでいっぱいであった。かれは、「自分の運命の前に、突然あらわれて来たこの一女性が、溺《おぼ》れかけたこの自分に救命縄を投げ」かけてくれたように思えた。お雪と再会し、はじめて自分のことを思ってくれるまことの心を持った人間がいるのを知ったかれは、「さがしてさがしてさがし廻した心」があるのを知った。そしてお雪をつれて親も親類も、自分を知っている者の誰もいない海の果て、山の中まで逃げることを考えた。

お雪をつれて逃げるにしても、要太郎には一文の金もなかった。かれはふと宿の帳場のそばにあった金箱を思い出した。宿に火をつけ、そのどさくさにまぎれて金箱を盗むことを思いついたとき、罪悪に対する強い興味が、強い力でかれの魂をゆすぶった。しだいに深く落ちていく「自分の運命」に要太郎の心は落ち着かなくなった。かれにはなぜ自分がそんな恐ろしいことをするのか、自分でもわからなかった。三日目の夜中、かれは三階にのぼり、ランプの石油を流しマッチをすった。それからまもなく相馬屋は火につつまれ、人々はあわてざわめいたが、しかし帳場にあった金箱は、つねに厳重に保護されていて要太郎には手が出せなかった。

翌朝、かれは「自分の犯した罪悪の跡」を見、「恐怖と不安と不定」が自分の前に横たわっているのを感じた。そして心の重荷に耐えられず、不意に自首しようかとも考えるが、しかしできなかった。かれは、かれとお雪のためにも「罪悪をごまかしても、何うしても生きてゐなければ」ならなかった。火事の原因はなかなかつかめず、宿の客も警察で調べられた。要太郎は疑いが自分にかかっているのを知り脱走した。しかし逃げきれるものではなかった。捕えられた要太郎は、ある明け方、ひそかに銃殺された。

人間の本能

『一兵卒の銃殺』で作者が述べたかったことは「人間が持った最も底のもの、最も深いもの、最も淫蕩なもの、凡《すべ》てさうしたものの我等の生活を支配する大きな力」であり、人間の本能の強大さであろう。

帰営の時間に遅れたことから帰りそびれ、脱走を続けた要太郎は、実際には気の弱い魯鈍《ろどん》な男であった。しかし、ひとたび脱走してからのかれは、もはや自分の意志ではどうにもならない境遇におかれていた。目前のただ助かりたい、逃げおおせたいということと、女の笑顔《えがお》のみがいまの要太郎を動かしているすべてであった。一つの罪からのがれるためにまた罪をかさねた要太郎は、はてしない重荷がついてまわるのにうんざりし、その影におびえるように歩み続けるのであった。

長い間の経験から、かれには運命は自分につらくあたるものと思っていたが、相馬屋でのお雪との再会が一条の光を与えた。要太郎はお雪によって新しい自分を見いだせると思った。それには過去の自分の行状にとらわれない、いまのままの自分を受けいれてくれるところに行くことが必要であった。だれからも愛されたことのない孤独な人間が、社会から追いつめられたときに初めて見つけた真実の愛は、どんなことをしても守り通さなければならないものであった。しかし悲しいことに、かれには、その愛を守り育てるのに必要な理性がなかった。要太郎が二人の愛を育てるためにと思ってした行為は、社会的道徳をふみこえた、社会というものを無視したところで行われた。それは本能で動く人間の、自己を中心にしか考えることのできない人間の、たとえかれの内部にどんなに美しい、やさしい心をもっていたとしても、他人から認められることのできない行為であった。要太郎は処刑される直前まで、自己の犯した罪の重さを知りながらも、きっと心中で、なぜ自分にばかり他人はつらくあたるのだろう、とくりかえし問い続けていたのではないだろうか。

帰営の時間に少し遅れたという、人生においてなんでもない小さなことがらが、要太郎の生活を大きくかえたのであった。もちろん、その前の問題として、要太郎を脱走にまで追い込むような軍隊という非人間的な組織が考えられる。それは「一兵卒」の加藤平作が、軍隊という非情の世界で、過労と不安と脚気衝心のため、誰にもみとられることなく、異郷の地であわれにも一人苦しみながら、息を引きとったことにもいえることであった。しかし、花袋はここではそれらの社会性には目を向けず、人間の本能の恐ろしいまでの強さ、そして、その本能の強さゆえに訪れる人間の悲劇を三日間の脱走兵に集中したのであった。これは『重右衛門の最後』の「自然児」に対する「歴史習慣を重んずる山中の村」と共通した「本能的人間」と国家という共通したテーマをもつものであろう。本能のままに行動した要太郎は、重右衛門の自然児そのままであった。一人は銃殺され、一人はリンチにあって殺される。その中で唯一《ゆいいつ》の愛を注ぐお雪と小娘。花袋の長い間の思想を『重右衛門の最後』より煮つめたうえで描かれたのが『一兵卒の銃殺』であるといえよう。それは「日本の自然主義小説全体の中でも、たしかに稀有《けう》の光彩と新味とを持つて」（猪野謙三）いる作品をつくりあげ、「恐怖に包まれながら、まだ生存の楽しみを幽かに抱いて、肩を落して、とぼとぼと歩いてゐる主人公の姿や心には、読んでいるうちに、われかかれかといふやうに私は同化した。」（正宗白鳥）という思いを読者に与えたのであった。

一兵卒が銃殺された東の練兵場は、滝廉太郎が作曲した「荒城の月」で有名な青葉城跡のことであるが、城跡は静かな仙台の町を一望に見渡せる小高い丘にあり、美しい散歩道として人々に親しまれている。

最後に『一兵卒の銃殺』のモデル・地名についてふれておこう。

尾崎要太郎　　岩松善蔵（仙台第四連隊第三中隊陸軍歩兵二等卒）

Tという稲荷　竹駒神社

T　岩沼
M　仙台
相馬屋　蓬田旅館
東の練兵場　仙台青葉城天守台裏手
捕えられた沼　荒井沼

ある僧の奇蹟

「ある僧の奇蹟」は、大正六（一九一七）年九月、花袋四十六歳のとき『太陽』に発表された。この年の一月には『一兵卒の銃殺』を書いている。「ある僧の奇蹟」は花袋の精神的転機を示す作品である。

転　換

「彼は一番先にいやにしつこくからみついて来るゾラの写実主義の幽霊をすてた。次に世間ばかりを対象として死ぬ頃になつて、やつとその非をさとつたイプセンを捨てた。死ぬまで夫婦喧嘩をしたトルストイを捨てた。自己の執着しか何も持つてゐないストリンドベルヒをも捨てた。超人にならうとしてしかも却つて狂死したニイチエを捨てた。世相より一歩も深く入つて行くことの出来ないモオパッサンを捨てた。」（「牢獄」）

花袋はこうして自然主義の殻を破り捨て、ユイスマンスの神秘主義へと向かっていった。花袋は「ある僧の奇蹟」について、

「私の心の転換期に立つた時の作である。この作で、私は内面的に一飛躍をした。人間心理の奥底に潜む不壊の心を摘発して見せたつもりだ。」

といっている。小利との愛が「憎い奴だ。あいつは生かしては置けない。あいつの肌に刃を当てるか、でなければすっかり自分のものにするかしなければ生きてゐられない。」（『河ぞひの春』）とまで行きついたとき、花袋は「愛」とはなんであるのか、「人間」とはなんであるのかを深く考え、山中にひとりこもり、法華経に親しみ、大乗仏教の力のもとにかれなりの「不壊《ふえ》の心」をつかんだのであった。その第一作が「ある僧の奇蹟」である。外形を義兄の太田玉茗に借り、舞台であるH村の長昌寺とは羽生の建福寺をあてているが、しかし内面は花袋そのものの描写であった。ともすれば空想的な、地につかないものとなりがちの宗教小説を、誠実に真心こめて描いた力作である。

あらすじ

先住の住職の慈雲が遊蕩《ゆうとう》のすえ、寺を逃げだしてから、H村の長昌寺は八、九年の間、無人のまま荒れはてていたが、村の世話人の努力で、当時慈雲の弟子《でし》であった慈海が新しい住職となった。四十二、三歳ぐらいの、のびた五分刈り頭、鉄縁《てつぶち》の強度の眼鏡《めがね》、単衣《ひとえ》にぐるぐる巻いたヘコ帯という僧侶《そうりょ》らしからぬ風体《ふうてい》の慈海は、老僧（先代の住職）の「やさしい涙を含んだ眼」の娘に深く恋していたが、老僧が娘を兄弟子に嫁がせようとしているのを知って、寺を飛び出し、東京へと移っていった。十九歳で、それまで学んだ仏の道を捨ててからの慈海は、はげしいデヵタンの生活を送った。満州にも行き、台湾にも行き、いろいろのことをして歩いた。

「あらゆる悲喜、あらゆる事業、あらゆる思想」のすべてに失敗して本国に帰る船のなかで、東京にいる仲間が「恐ろしい群」となって、「外国でなければ見ることの出来ないやうな事件、乃至《ないし》は空想したロオマンスででもなければ出逢ふことの出来ないやうな事件」を「意志の実行」のために起こし、死刑となったのを知った。慈海ははげしいショックをうけ、身を海中に踊らせようと思ったほどであった。

帰国したかれは「世間と人間」とにとらわれすぎた自己をかえりみ、静かに考える所を求めて、故郷の寺へと帰ってきたのである。

かれがきて最初の葬式は、生まれて一月ほどの子どもであった。その子のために、本尊の如来《にょらい》の像と対座して経を読んでいるうちに、自分の遠い過去がよみがえってくるのを感じ恐怖を覚えた。「仏は人間のことのすべてを知つている。人間の犯した過去の罪の総《すべ》て知つている。」かれは自分のすべてを占領することができないのをうらみに思って、井戸に身を投じた女を思った。「自己は自己である。愛した女だとて自己の総てを占領することは出来ない」と、死んだ女への苦しみを「自己」にとりすがって解決したことが、いまのかれを責めた。荒れはてた暗い寺の中で、かれは自分の室に引っこんだまま、世話をする婆さんと話しもせず、本も読まず、物も書かず、ただ一日中机に向かってきちんとすわっていた。廃寺にうもれるようにしてすごしながら、かれは過去の自分を考えた。若いとき、本当のもの、真剣なものを求めて突進した生活、それは苦行であった。いや人間にとって放蕩も、デカタンも、その他あらゆるものが苦行であり、忍苦でなかろうか、とかれは思った。

ある夜すさまじい風雨がやってきた。ザアと降る音、樹の鳴る、枝のたわむ、葉のふれあう音が、悲しいとか、つらいとか、うらめしいとかいう音になってふきつける大破した堂の中に、本尊の如来仏は寂然として手を合わせて立っていた。その姿を見たとき、かれは自分のすべてが仏にむかってなびいて行くのを感じた。

新しい覚醒《かくせい》がきた。自己のためにのみ仏の前で手を合わせたかれは、いまや仏の功徳を讃《さん》するために合掌礼拝した。新しい力は、かれから恐怖と、孤独と、寂寞《せきばく》と、倦怠を奪った。「我」に着《ちゃく》したため起こった「貧、苦、乏、病に満ちた世界」の幻影におびやかされている世間の人たちのために、慈海は一日中、本尊の前で読経《どきょう》した。かれは仏の顔に、人間への慈愛を発見し、かれに向かって話しかけるのを知った。日常の坐臥進退にも本尊はつねにかれとともにあった。

外形はおだやかで平和な田舎も、内部には苦しいこと、つらいこと、罪悪なことがいたるところに満ちているのに気づいた慈海は、ある日「浄乞食《じょうこじき》—浄乞食」と口にしつつ、家々を托鉢《たくはつ》して歩いた。そして悩める者のいる家の前に行くと、きっと立ち止まって長く経を読んだ。そうする理由はかれ自身にもわからなかった。「不思議の奇蹟」がかれの周囲に起こった。あるときは、心中しそこなった茶屋女が、なにもいわぬ慈海を神か仏でもあるかのように合掌し、涙を流した。ある鍛冶屋《かじや》の亭主は、いままで一度も寺まいりなどをしたことがない男であったが、慈海が来て店の前で読経するとたちまち深い感動に心を動かされ、いきなりその前にいって合掌した。

慈海のうわさはしだいに広まった。托鉢に出るかれのうしろからは、信者が合掌しながらぞろぞろとついていた。「求めざるものは得、欲するものは失ふ」というかれの悟りはますます生気を帯び、かれを「生仏《いきぼとけ》」とあがめる信者は、日に日にその数を増していった。荒廃した本堂は、人々であふれ、読経の声は一村に響きわたった。

宗教的解脱

生まれながらにキリスト教という強大なる背景を持っている外国人と異なり、日本人の宗教観は非常にとらえにくく、それだけに宗教小説は書きにくく、読みにくかった。ましてや一凡人が宗教的に解脱《げだつ》するというテーマはとらえにくい。この作品にもかなり作者のひとり合点が目につくが、しかし日本では数少ない宗教小説である。

　この作品のなかで、花袋は大逆事件にふれ、「外国でなければ見ることの出来ないやうな事件、乃至は空想したロオマンスででもなければ出逢ふことの出来ないやうな事件」といい、かれらを「恐ろしい群」と解し、かれなりのこの事件への見解を示しているが、石川啄木・森鷗外・平出修《ひらでおさむ》などからみると、見方の甘さをのがれえない。大逆事件を扱ったものとしては、ほかに『トコヨゴヨミ』（大正三・三）というのがある。知人に大逆事件の関係者がいたため、小学校教員をやめさせられたうえ、主義者として警察からつけまわされる。行商人になって苦労しながら『トコヨゴヨミ』という暦をつくり出し売り出そうとする話であるが、これは花袋の経験から書かれた小説であろう。それは『一兵卒』『一兵卒の銃殺』などの作品によって、軍隊に対して批判的であるという理由で、一時、憲兵からつけまわされ、苦しんだことがあるからである。

男女の小さな「愛」の破局によって、仏門を捨てデヵタンの生活へと一直線に落ちていった一青年が、傷つき、悩み、苦しんだのち、ふたたび仏門に帰ったとき、かれにはもはや小さな世界はなく、すべての人々を救う仏の愛のみがあった。この慈海の解脱は、そのまま花袋の解脱でもあった。「百夜」の女との愛を「征服」でも「所有」でもなく、「融合」でもまだ足りず、「献身的、さうだ、献身的でなければならないのだ。」と考え、

「相手を自分のものにしようといふ心をすつかり無くして、唯向ふを愛する、自分が愛さなければならないものだから愛する。たとへ相手はどんな態度に出ようが、此方だけは真面目に一心に思つてやる。」

と、「報酬を求めない純粋」な愛の心をつかんだのであった。

花袋の解脱は「百夜」の女を救い、慈海の解脱はまよえる人々を救った。花袋はこうして宗教による新しい生き方を見いだした。誠実に、誠実にと生きた花袋は、それだけ宗教的な面を、生来、内に蔵していたのであろう。だからこそ、ともすればドラマチックになりかねない題材を、地についたものとして、現世の離脱を近代思想とあわせて描くことができたのであろう。

東京の三十年

回顧録

『東京の三十年』は、大正六（一九一七）年に博文館から出版された。花袋が十六歳で東京に来てから三十年間にわたる自伝であり、文壇史である。アルフォンス＝ドーデの随筆集に『パリの三十年』というのがある。一八五七年にドーデがパリに出てきて以来の三十年間の交友やサロン、自分の作品についての感想などを書いたものであるが、花袋の『東京の三十年』はこれによったものであろう。

『東京の三十年』は、明治・大正文壇の消息を伝え、花袋作品解釈の鍵《かぎ》となり、花袋の人となりを知るうえで貴重な作品である。ただ記憶に頼って書いている面があるため、多少の思いちがいがある点に注意したい。生涯編と重複する所が多々あることをあらかじめことわっておく。

あらすじ

「私」が十一歳ぐらいで本屋の小僧であったころの東京は、泥濘《でいねい》の都会、土蔵造りの家の並ぶ都会、橋のたもとに露店の多く出る都会であった。そこには今ではほとんどその面影《おもかげ》をみせないガタ馬車とか天保銭《てんぽうせん》とかがあった。

「私は田舎の城下町から、祖父に伴れられて、寒い河舟の苫の中に寝て、そして東京へと出て来た。その時その長い碧《あお》い川の上手には雪が白く処々に残つてゐた。舟の苫の上にも雪があつた。私は祖父の手から離れ、叔父の手から離れ、私の奉公先の世話をして呉れた山王下あたりに住んでゐた役所の属官らしい人の手から離れて、京橋の大通の角のその本屋へと来たのであつた。」

私は、本を山のように背負って、取引先やお得意の家を回る毎日が始まった。私の兄は東京に修業に出ていた。私はさびしくなると兄をたずねて行きたい衝動にかられたが、「かういふ小僧姿の弟を他人に見られる兄を気の毒がつて」、公然とたずねて行くことはできなかった。

こうして一度は奉公に出た私だったが、まだあまりに幼すぎるという理由で、私は故郷に帰された。私がふたたび東京に来ることができたのは十六歳であった。東京は、私の知っていたころとはおびただしくかわっていた。私はこの前後から文学に興味をいだき、『穎才新誌』に投稿していた。

「一週間毎に出る一枚二銭の雑誌を買ふことが出来ないので、その毎週の発行日の土曜日の夜には、いつもきまつて遠い路を四谷の大通の錦絵双紙店に行つた。ところがそれが旨《うま》く店頭に並べられてある時は、それを飜《ひるがえ》すのはわけはなかつたが、運わるく錦絵と交ぜて挿《はさ》んである時には、それが出来ないで、したたか困つた。一度取つて貰つたのを買はずに帰つて亭主に睨められたことも一再ではなかつた。」

私は英語を旧藩士の息子の野島金八郎に学んだ。野島は驚くほど西洋文学についての知識が深かった。私はかれからどれほど感化を受けたかわからないほどである。このころ、神田にある英語学校にも通っていたが、私は「漢学へ行かうか。英語に行かうか。それとも政治に行かうか。法律に行かうか。」という思いが去来していたが、野島は「法律と文学をやれ」と私にすすめた。

私は文学に進んだ。紅葉と幸田露伴の全盛期であった。私は「自分より四つか五つ年上の一青年、それでゐて日本の文壇の権威」である紅葉がうらやましかった。二十二歳にもなって、不健康にあお白い顔をし、髪の毛を長くのばしていた私は、

「今に、今に、俺だつて豪《えら》くなる……。豪くなる……。日本文壇の権威になつて見せる……。」

と心に叫ぶのであった。

「いつまで遊んでゐるんだか、宅の録も……何処へでも出て五円でも十円でも取つて呉れゝば好いのに……」

という母のぐちを聞きながら。私は文壇に出るために、紅葉に入門したい旨《むね》の手紙を出した。紅葉は私を『千紫万紅』の同人としてくれた。私はここで江見水蔭と知り合い、指導をうけた。私は翻訳を載せたり、小品を『都の花』に書いたりした。しかしなかなか認めてもらえなかった。

その時分の文壇は、硯友社派《けんゆうしゃは》・早稲田派《わせだは》・千駄木派《せんだぎは》・国民文学派・根岸派・女学雑誌派の六つに分けることができた。創作では硯友社派が群を抜き、評論では千駄木の鷗外が、一人で四方八方に戦っていた。このころの小説は内容よりも文章が重んじられていたが、しかし統一された文体というものはまだ見いだされず、いろいろの人がいろいろの試みをした。その結果「何うしても、外国の小説の文脈を参考にする他仕方がな

い」と考えられた。この新しい文体をめざして新しい人々が台頭してきた。天外（小杉）・宙外（後藤）・風葉・鏡花・春葉（柳川）・秋声などがある。『太陽』『文芸倶楽部』『帝国文学』などの新しい雑誌が生まれたのも、このころ日清戦争を境としてであった。

　私は、北村透谷の死を機会として「文学界」の人たちと知り合った。私は硯友社の態度にあきたらなかったし、また硯友社の人々も私の小説を認めてくれなかったので、しだいに心は硯友社を離れて「若い心」の『文学界』に歩んでいったのであった。私は上田敏や島崎藤村や国木田独歩と知り合った。

　独歩は、当時渋谷の見晴らしの良い丘の上に住んでいた。かれはここで、佐佐城信子に別れたのちの恋の傷をいやしていた。私はたびたびそこを訪れた。私たちの間には深く固い交際が結ばれた。文壇では、国民文学派を中心として反紅葉の気運が盛り上がってきた。鷗外・二葉亭に養われた新思想の人々がその中心となっていた。紅葉は、この新しい運動に懊悩煩悶《おうのうはんもん》し、それらに対抗すべく、外国の作品をつぎつぎと読破し、新機軸を出そうとした。この途中で紅葉は病に倒れ、短い生涯を閉じた。

　私たちは、のちに竜土会といわれて世人の注目を集めた、若い文学者の集まる会を持っていた。藤原有明・生田葵山・柳田国男　国木田独歩・小栗風葉などで、文学の話、恋の話などに若い夢を託していた。私もしだいに世間から認められるようになってきた。しかし、それよりも友人、藤村や独歩の名のほうが世に広まっていた。私は一人取り残されたような気がした。

「何か書かなくちゃならない。」

とあせりを感じているとき、『新小説』から頼みに来た。このときの作品が『蒲団』である。『蒲団』は世間の評判になり「エポックメイキング」だとか、「自然主義の主張の肉と血」だとかいわれた。新しい時代が―我々の時代―がやってきたと喜んだ独歩が病気で倒れた。私は『生』を新聞に連載していたが、暇ができると茅ケ崎《ちがさき》の南湖院に独歩を見舞った。独歩は夫人と愛人に看護されるなかで不帰の人となった。どの新聞も二段、三段をさいて独歩の死を報じた。

『生』は、自分の周囲の人たちをなにもかも隠すところなく書こうとしたものだけに、非常に苦しいものであった。そのうえ、挿絵が私の気に入らなかった。

「私は毎朝新聞を手にすることが苦痛であつた。挿画を見るのが苦痛、文をよみ返して見るのが苦痛、それから社に出かける途中新聞を手にしてゐるものを見るのが苦痛」

であった。そのうえ今や流行児となった私は、人々が見えすいたお世辞をいうのにも気を付けなければならなかった。社会は人の価値を軽々とつけ、それに流されないためには、社会に対ししっかり立って見せなければならなかった。私は島崎君の『春』に注意しつつ、「皮剝の苦痛」を味わいつつ『生』を書いた。

「最後の一章を書いた時は、丁度夜であつたが、その時は重い重いをり〱は押潰されそうに思はれた重荷を卸し得たことを喜んだ。」

「生」は好評であった。それを書き終わると私は九州に旅行した。私の旅行癖《へき》は昔からであった。小遣《こづか》いをためては旅行した。いろいろの懊悩や煩悶に苦しむ私を、旅は忘れさせてくれた。そんな私は「紀行文家」

として認められていった。『大日本地誌』の編集の手伝いを始めたのは、明治三十六年からであった。ここで地理に対する科学的研究方法を教えられたのは有益であった。この仕事は楽しかったが、売れ行きのよくないことと、私が小説家としていそがしくなってきたことが、私をしだいにこの仕事から遠ざけた。

私たちのあとから正宗白鳥や近松秋江などが文壇に出てきた。明治の文学が、あらゆる束縛、文学の遺習、形式の繁褥、ロマンチックな根調から完全に脱却しえたのはこの二人あたりからであった。

明治四十五年七月、明治天皇が崩御された。

「あゝ、たうとう御かくれになつたか。」

私は深い悲しみにおそわれた。続いて起こった乃木大将の殉死《じゅんし》がまた私を驚かした。乃木大将の死は、日本国民のセンチメンタルであるとともに、そのセンチメンタルゆえに、国民に生気あり、国民に生命あることを痛感させた。日本人が情感的・情緒的国民であることを感じた。

こうしたいろいろのことを経験して、私は四十の峠《とうげ》をこした。倦怠《けんたい》と単調と不安の毎日がおそってきた。

「兎《と》に角《かく》、何うかしなければならない。」という念がつねに頭を離れなかった。私は日光の廃寺で孤独な生活を始めた。そこで私は終日深い静かな瞑想《めいそう》にふけった。

解説

文学ひと筋に生きた花袋の、努力と誠実さと悲しくさびしい心情がしみじみとにじみ出ている作品である。紅葉・乙羽の隆盛期からその死、独歩・眉山の死、明治天皇の死、その間にはさまる文壇につねにおしよせる新しい波、花袋の環境、心持ちの変化、それらを四十半ばをすぎた平静な心持ちで平易に書いている。漢文学から出発し、西洋文学に啓蒙を受け、西欧のものはすべて善であるという錯覚さえおぼえさせるほどの西洋かぶれしていた花袋が、明治天皇の死に涙し、乃木大将の死に日本人を見るのであった。そして「外国の文学をいくら読んだつて仕方がない。（略）新しいといふことは、一体、何ういふことだ。めづらしいといふことか、珍奇なものと言ふことか。今まで古いと言つたもの、その古いものが何故わるいか。根本とは、新とか旧とか言ふことにあるものではない。本当のことを捉《とら》へることにあるのだ。自己の思想でなくつて、自己の現象を言ふことだ。外国の文学を読んで、模倣ばかりしてゐたツて、それが何になる。現に、日本の生活に触れてゐなければ……。又、日本の国民性と相通じてゐなければ……。我々は読書よりも、もつと深く日本の生活に浸らなければならない」と、日本の再認識に心を傾けるようになったのである。この心持ちが、日本の過去に目を向けさせ、歴史小説へと進ませたのであろう。

『東京の三十年』は、花袋の生涯の一くぎりであると同時に、花袋の再出発の記念すべき書でもあろう。

近代の小説

哀愁の書

『近代の小説』は、大正十二（一九二三）年二月、近代文明社から出版された。花袋五十歳のときの作品である。明治二十年代から大正十年ごろまでの近代日本の文壇を中心に、自己の小説への批評をも率直にのべた随筆で『東京の三十年』とともに明治文壇を知るうえで貴重なものである。

大正九年に、秋声といっしょに生誕五十年を祝福された花袋は、しかし、しだいに若い新しい人たちにその地位を奪われつつあった。そのうえ『文章世界』の廃刊がそれに拍車をかけた。かれの作品発表の機関は、中央文壇から婦人雑誌や地方誌に移っていったが、花袋はいつかふたたび中央文壇に帰り咲くことを決意し、若い人々の作品を読み、研究し、自己のなかにその可能性を見いだそうとした。しかしそれは「時流」に遅れた人間のはかない抵抗であった。

人生の終局に近づいた花袋の目には、今まで夢中で前進のみを心掛けていたときには見えなかったあたりのベールがとりのぞかれ、すべてのことが見通せるようになった。それは、花袋の深い哀愁の感を伴ったものであることが読者にひしひしと伝わるであろう。

この作品は、花袋の思いちがいや、またかれの強烈な個性を生《なま》のまま出してしまったために客観性を失った部分もあるが、しかし花袋の文学観を知るうえで欠くことのできないものである。

あらすじ　明治の初年、外国文化が洪水のようにはいってきた。文学にも英語の詩や小説がはいってきたことから、言文一致の文章を書こうという大きな運動が起こってきた。この実践者が二葉亭四迷であり、山田美妙であった。二葉亭はロシア文学から出てきたが、新しい思想を持って多くの翻訳をし、また、実行と芸術という新興文学にとって最も深いまじめな問題を日本の文学に提供した。おなじように外国文学の紹介につとめた者にドイツ文学から出た森鷗外がいた。鷗外と二葉亭の翻訳は、当時の文学青年に多大の益を与えた。この外国文学出身者と並行して紅葉・露伴がいた。紅葉は文章に最も心をくばり、

「言文一致も好いけれども、どうも物足らんね？丸で言はうとする調子が出て来ないからな。馬鹿に軽いからな。」

などといいながら苦心していた。この時分の小説壇の中心は、なんといっても紅葉のひきいる硯友社であった。柳浪・小波・眉山・水蔭という若手をそろえたうえに、大手の出版社の春陽堂・博文館との堅い

『近代の小説』初版本の表紙ととびら

結託があった。紅葉が頭を横に振れば、どんなにすぐれた作家も本を出版することができないようになっていた。しかし、硯友社の文学もだんだんと社会の動きから遅れていった。『紫』『冷熱』などを書いていた紅葉は、

「とても、こんなものを書いてゐては駄目だ。」

と考え、新機軸を出そうと心がけた。明治二十七年に日清戦争が始まると、社会の状態の変化とともに文壇も一変した。「新しい時代」が頭をもたげてきた。

新進作家として鏡花・一葉が出てきたのは、明治二十九年ごろであった。この「新しい時代」に対抗してでたのが、大家たちの出した『めざまし草』であった。「三人冗語《さんにんじょうご》」とか「雪中語」の合評で、新人作家という作家はすべてかれらによって批評の対象とされ、手きびしくやっつけられた。しかし、これも「新しい時代」の前には自然に消滅せざるをえなかった。鏡花・一葉に加え、天外・風葉などの名がしだいにその中心となり、かれらの一段下に「私」や独歩・藤村・蘆花などが名をつらねた。「私」は三十二年の春に結婚した。若い作家もみな家庭をもった。このことが、若い時代の人たちの頭の向きをかえさせた。私たちはいつか人生の渦《うず》の中にはいり、もはや理想を掲げてばかりいるわけにいかなかった。

このころ、紅葉・乙羽・樗牛《ちょぎゅう》の死が訪れた。この三人の死は、「私」に人生の無常をまざまざと見せつけた。ひとの栄華をうらやんだり、自分の不運を嘆いたりする愚かさを知った。自分がまじめになるよりほか、自分で自分を打ちたてるほかには行く道はないように「私」は思った。

「私」は、風葉・独歩・有明・国男・葵山などと集まって文学の話、恋の話など若い情熱を吐露していた。これがのちに「明治四十二、三年代の自然主義運動の揺籃《ようらん》」といわれた竜土会である。「この会合はさう大したものではなかつた」が「かうした種類の会合は、新しい運動を起す上に於て非常に必要であつたことは争はれ」なかった。文壇ではあらゆる勢力が沈滞し、「新しいものを期待する気運が凄じくその底に渦《うず》」まいていた。私たちは、

「もつと本当にならなければならない。」

と考え、

「人間が醜悪なものであるならば、その醜にも悪にも勇しく面して行かなければならない」

と思った。まず藤村が『破戒』を出した。続いて独歩が『独歩集』を世に公にした。自然主義が起るにつれてモデル問題がかなりうるさくなってきた。しかし「私」たちはそんなことには目もくれずただ前進した。

「今が時だ！」

「かういふ時にぐづぐづしてゐては駄目だ。」

「私」はこうしているうちに「いつの間にか世間に迎えられて―気のついた時には、もはや世間の巴渦《うず》の唯中にいて、あちこちから新しいチャンピオンのひとりとして見られ」ていた。明治四十年から四十二、三年にわたる間の自然主義運動のはげしさはいうまでもあるまい。自然主義という言葉はどこでもここでも使われた。自然主義作家のなかには、まったく旧派になんの縁故も関係も持っていない正宗白鳥もいた。かれ

は「文字のつかい方や、字句の並べ方などにも全く新しい時代の形式」を用いる「新しい文芸のチャンピオン」であった。岩野泡鳴も詩人を捨て、小説家として再出発した。

「僕の小説は旨いとか拙いとかいふ技巧以上のことではないんだよ。もつと先だよ。もつと先のところまで行つてゐるんだよ。それがわからないんだから困る！」

といいながら、他の作家よりも思い切った描写をした。こうした潮流のなかで夏目漱石が出てきた。英文学者でホトトギス派の俳人であるかれは、『吾輩は猫である』によって不思議な現象を文壇に与えた。そして、自然主義の、ある特殊な思想にふれていない漱石の文学は知識階級の人々、とくに大学生に大いに読まれた。とにかく文壇は回転した。ここに至って硯友社の文学はまったくほろびた。

『さうすると、つまりあの間にも時世は絶えず動いてゐたんだね。自然主義が凱歌を揚げてゐた時には、もうあとから芽を出し始めてゐたんだね？』

『つまり、さうすると、あの鷗外さんが顧問になつていた『スバル』あそこいらからさういう気分が生れて行つてゐたのだね？』

『さうすると、つまり、あの雑誌が当時の潮流に対する唯一の反対派だったんだね？』

『まあ、そうだね。』

『それに、あの永井荷風、あれが、帰朝当座は彼方此方に眼を配つてゐたが—何方に行かうかと迷つてゐた風だつたが、急にそれが慶応に行くことになつたので、その慶応がまた早稲田に対抗してゐる形になつていたので、自然の成行として、あの早稲田と密接な関係を成してゐる自然主義的傾向と反対する形となつた。そして、それが一方の「スバル」と相呼応した——』

『さういふ潮流だから、ひとり手に、不運なもの、不平なもの、またこれから出やうとする芽などは、皆なそつちの方へと行つた。』

『つまり、そこに、一つの異つた流が出来て行つたわけだね？』

『さうだ——鷗外さんの考へでは、自然主義も好いけれども、何もそれでなければならないといふわけはない。かういふ主義もある。あゝいふ主義もある。学者だけにさういふ風に思つたんだね。』

『それに、一方自然主義の方でも、四十三四年頃には、もう頂点に達したといふ形だつたからね。言はゞ天下を統一したといふ勢だつたからね。それからは下るばかりだつたんだよ。』

こうして自然主義も「時」の潮流に流されていった。そして「爬羅《はら》剔抉《てきけつ》—解剖—習俗破毀《しゆうぞくはき》」に甘んじていることができずに、印象主義に移っていき、ドイツの徹底自然主義が目標とされた。しかし、これは成功しなかった。

『とても出来ない？　何故と言ふのに、それが出来れば自然が出来るわけだから！』

自然主義は次第に世間から顧みられなくなった。

「自然派にも型が出来た。」

といふ声が高くなった。

自然派にかわって享楽派《きょうらくは》が芽を出してきた。近松秋江・中村星湖・谷崎潤一郎・長田幹彦などであった。大正二、三年から四、五年にかけてであった。享楽派もいつしか過去のものとなり、新しい時代が何度か訪れた。その人々は「私」のまったく知らない人々であった。そして、その書かれたものも「私達の書いたものとは全く形を異にし、趣を異にし、感を異にしている」のに気づいた。

「私」は、大正三、四年ごろからはじめてまわりのいろいろのことがわかってきたような気がした。

「つまり、今までは唯、驀地《まっしぐら》に、馬車馬のやうに傍目も触らず進んで来たが、始めてそこに行つてあたりを見廻したんだね。そしていろいろなもののあるのに目をつけたんだね？　はゝア、かういふものもある。あゝいふものもある。あれはあのためにあゝ見えた。これはこのためにかう見えた。実際はあゝでもかうでもなかつたのである。かういふ風になつて来た――」

「私」はさうしてあたりを見回したときに「『時』の如何ともすべからざること」を見た。「私」は、今日に至るまで、いろいろな作家を見てきた。出ては消え、消えては出てきた作家たちは、私たちの時代と同じように外国文学の思潮とともに歩んでいる。

「私」の胸に、少年時代に読んだ欧陽修の「徐無党の南帰するを送るの序」が浮かんでくる。人生とは実際その通りである。すべてのものは忘れられ、自然に帰ってしまうのである。

空

「今、全集を編みかけてゐるので、昔書いたものをぽつぽつ見てゐるが、何うも拙くつて読めない。何うしてこんなに拙いものが、あゝいふ風に世間に迎えられたらう？『蒲団』などが何うしてあんなにセンセイションを起したらう？かういふ風に思ふと、非常に耻《はず》かしくなる。そして全く一種の深い深い幻滅を感ぜずにはゐられなかつた。私は考へた。『芸術といふものも、矢張、その書いた時だけが新しいのではないか、作者の筆から離れて来た時だけが新しくつて、すぐ古くなつて了ふものではないか、何んなに好いものでも古くなつて了ふのではないか……』私は答へを待つた。答へは来なかつた。しかしその思考の中にも、一廉《ひとかど》の真理は含まれているやうに思はれた。」

と文学のはかなさを嘆き、そして、それだからこそ、本当の文学とは、

「不易なもの——その時だけ流行つて、時が経てば、すぐ変つて行つて了ふやうなものでないもの、例へて見れば、男女のこととか、心理的のこととか、その作品の中にその時代が見えるばかりでなしに、生きた人間が覗かれて見えるやうなことだとか、さういふものをつかんで書いた傑作は、いつまで経つても古くならないのではないか。そのため、作者は第一義的でなくてはならないといふのではないか。その時代をすら超越するものでなくてはならないといふのではないか。社会に捉はれてゐては、社会の表面で行はれてゐることだけに興味を向けてゐては、到底第一流の作家になることは出来ないとは言ふのではないか。」

と自問している。

「私はその時分から、そろそろ英文学に離れて、大陸文学の方へと来るやうになつてゐた。よく日本橋や神田の古本屋の店の前に立つて、外国人でなければ新帰朝者の売払つたらしい古本を捜した。私の書物に対する考へはまた一変した。漢文、漢詩を売払つた金で買つた国文物を今度は外国の小説に代へた。私は段々丸善の二階に行くやうになつた。」

こうして時代の変化とともに花袋の心持ちもかわり、そして、つねに永遠の文学を求め続けたかれが、紅葉・露伴・一葉・鏡花の文学がすべて過去のものとして、新しい文学の踏み台となって消えていく無常さをみるとともに、「我々の文学」の世に出るべきときを思い、そして、これこそ永遠の文学になりうるであろう、と考えるのであった。そしてニイチェの価値転倒の徹底さに感じて、

『自分でやるより他に為方がない！　それでいけなければ、何うでもしろ。我々人間はあまりに自惚れすぎてゐる。あまりに神になりすぎてゐる。あまりに理想から甘やかされすぎてゐる。もつと元にもどれ！　原始状態に戻れ！　したいことはどしどしやれ！　人に気がねをしてゐる必要はない。あとについて来るものがなくとも構はない。何処までも一人で行くところまで行く。ちつとも凝滞したところがないからな。』

とさけび、従来の「鍍《メッキ》された文学」から抜け出して、「本当のことを書く」ようにしなければならないと、「実際の中から、血みどろになつてつかんで来たもの」を書くようにしなければならないと。こうして「空想の夢、理想の夢」から覚めた花袋は、「旧式な日本の慣習や、道徳や、形式や、思想や、趣味や——さう

いふものに対する破壊を含んだやうな運動」を起こしたのであった。それは日露戦争の勝利という一つの大きな事件とあいまって非常な隆盛をみたが、この隆盛も長くは続かなかった。それは、

「矢張、暗々裏に、利害の観念が働いてゐて、自分達の時代は自分達で同盟しなければならない。同盟して、一刻も早く自分達の時代にしなければならない。かういふ風に思つてゐるんだね……？　そしてかれこれ言つて、自分達の時代にする。もうすつかり自分達の時代だ……。かう思つてほつと呼吸をついてゐると、もうあとから自分等に取つて代るべき新しい時代がそろそろ首を出しかけてゐるんだからね。」

と、昔『めざまし草』に与えた言葉が、そのまま自己の文学に帰ってきたのであった。ここに花袋は人生のはかなさを、自然の前におけるむなしさを感じた。自分があれほどにうらやんだ紅葉も、死んでしまったあとに何が残ったか。自分がこれほど必死になってたどりついた文壇というものも、自分に席を与えてくれる間のなんと短いものであろう。

「短い間も何にも――。何んなにえらい評判のことが書いてあつたものでも、また何んなにえらい有益な研究が載せられてあつたものでも、四年経つと、図書館以外にもう世の中に一冊もなくなつて了つてゐるんだからね――？」

「四年の命だからね。では本なら何うかつていふと、それだつて矢張同じことだよ。三年と持つてゐやしないよ。」

作家の寿命、文学の寿命の短さを思い、それとともに文学一途《いちず》に生きてきた自己が思われるのであった。

そして、自分をかえりみ、

「さうだね。長い方だね。それといふのも文壇にくつついてゐるより他、何うにもしやうがないからかも知れないね。つまりそれより他に能がないのだね?』

と、そんな生命の短い文壇のなかで長く生き抜いているという花袋自身の、自己の文学でりっぱに立っているという自信をのべている。しかし、花袋がいかに自己の文学に自信をもっていようと、社会はつぎつぎと新しいものを要求する。花袋はまたたくまに、自分が名前の知らない人たちが誌上で活躍しているのに気づいた。かれは、新しい人たちと自己との距離を知ろうとした。

「私はそれを読み尽すために数日を費した。成るたけ詳しく読んで見たいと私は思つた。そしてそこから私とさういふ人達との距離をも知り、併《あわ》せて私の位置をも知りたいと思つた。さうした若い人達の生活や、心や、傾向や、さういふものをも知りたいと思つた。」

それは多くの過去の大家と称された人たちの歩まなければならない道であった。そしてわずかに「さうした若い人達の作の中にも私といふものが生きてゐる」ことを知って慰めを見いだすのであった。文壇では花袋はすでに圏外の人となった。中心から追い出されたかれは、今までそのなかで動いていた自己の姿をはっきりと見ることができるようになった。そして、

「『時』の如何《いかん》ともすべからざる」を見、

『つまり今までは自分だけだつた。自分が中心だつた。尠《すく》なくとも自分を中心に太陽が廻つてゐるくらゐ

に思つて盲進して来た。また、決してその進んで行く先きがつかえているとは思つてゐなかつた。何処までも行けると思つてゐた。ところが、さうでなかつた。尠《すくな》くとも峠に来た。もう太陽は自分ばかりを中心にして廻つてはゐなかつた。中心がそこにも此処にもあつた。今までは箇だけだつたのが箇々の存在となつた……』」

と「大きな人生」に気づいたとき、花袋はすべてが「空《くう》」であることもまた知らなければならなかった。すべては「何の彼のといつたところで皆な泯滅《みんめつ》に帰」すのである。いかにすぐれた文学でも「不朽」という冠《かんむり》はえられないのではないか、と考えたとき、花袋は自己の人生のむなしさを、自己の文学のむなしさを覚えるのであった。

源義朝

「源義朝《みなもとのよしとも》」は、大正十三(一九二四)年三月『名古屋新聞』に連載され、同年七月、金星堂から出版された。大正九年十二月の『文章世界』の終刊から、花袋の作品はしだいに中央文壇から地方誌や婦人雑誌へと移っていったが、かれはその状態に満足することはできなかった。それは「本当は落して書くわけではなくつても、自然さうなるんだよ。矢張書くなら、しつかりした舞台でなけりや駄目だね。緊張して、全力を挙げて書くやうな檜舞台でなくつては?」というかれの言葉からも推測できるが、花袋は行きづまった自己をなんとか打開しようと考えた。

かれは十二年三月、満州旅行に出かけ、その帰路、石見《いわみ》・隠岐《おき》に足をのばした。また、七月には妻とともに東北に遊んだ。さかんにいろいろの地に出かけた。花袋はこのころから歴史に興味をおぼえ、「歴史などといふものに対する考へ方も以前とは大分変つてき」今では密接な関係をもって自分の身辺に感じることができるようになった。それは四十二、三歳のころから、はじめていろいろのものが見えてき、ほっと息をついてまわりを静かに見回したとき、「時」にすべて吸収されてしまう人間のむなしさに気づき、「山川の依然としてもとのままであるといふこと」に深い感激をおぼえ、「歴史ものが書いて見たい」と考えたもので

歴史小説

あった。

そして、歴史上の英雄、豪傑を、たんなる英雄、豪傑でなく、「自己をその歴史の人物の中に完全に発見」して描きたいと考えるのであった。花袋は歴史上のシーンをさがすために、よくあちこちと旅に出た。義朝もまたその旅で見つけられたのであった。知多半島の野間を訪れたとき、花袋は車夫からこの地で落命した義朝の悲劇を聞き、その墓に詣《もう》でた。そして、

「これが書けないか……内海に上陸して、殺されるまでのことを仕組んでも立派なドラマになりはしないか。しかしそれだけでも好いがもつと跡といふものを付け加へて、つまり私達がかうやつて数百年後に訪ねて行く心持をもつけ加へて、そして作品にすることは出来ないか。」

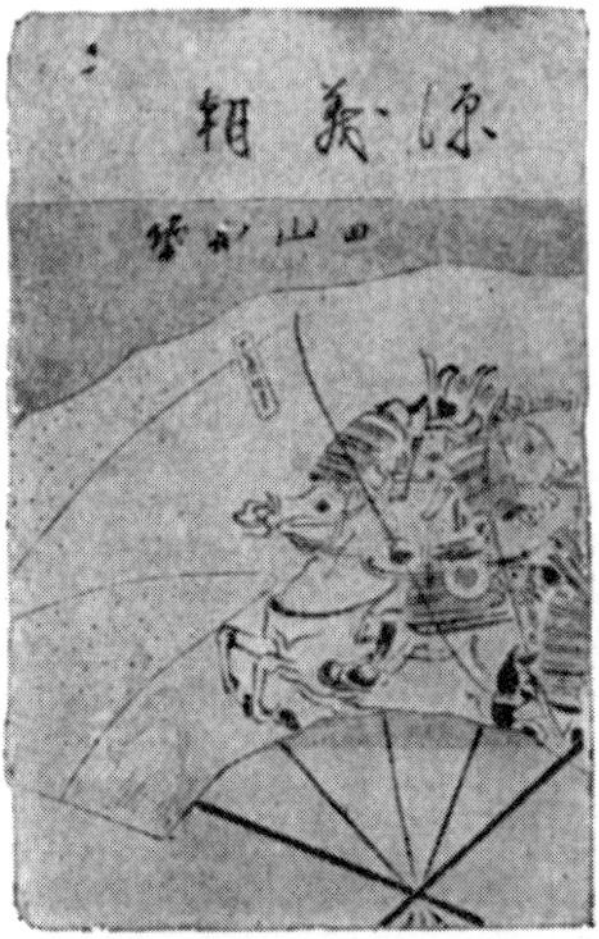
『源　義朝』初版本の表紙

と考えた花袋は、「源義朝の東国に遁げて行つた路」をも歩いた。そして、逃亡せる義朝の姿を描くのであった。

自然主義作家としては異例の「歴史小説」を書いた花袋は、ほかに「流矢」「秋の日影」「通盛《みちもり》の妻」「道綱《みちつな》の母」という歴史小説があるが、そのなかで「道綱の母」は、王朝日記中でもっとも好んだ「かげろふ日記」に取材したものであり、女主人公窕子《ちょうし》の身にそって、夫、兼家《かねいえ》との思うようにならない仲に悩む姿を描いている。この作品もすぐ

れたものであるが、歴史小説のなかでの最大の傑作はやはり「源義朝」であろう。『田舎教師』『一兵卒の銃殺』などでもみられた手法でもって、周囲の風景と、暗い心で落ちて行く義朝の姿とを対照的にあざやかに描いている。紀行文的要素を多分に含んだ作品である。

あらすじ

保元の乱で父とも兄弟とも敵方となって戦い、みずからの手によって肉親を殺した源義朝は、天下を得てからも平家一門に押されぎみの自分の地位に満足できず、ふたたび平家を相手に、信頼とともに乱を起こすのであった。平清盛が熊野《くまの》詣《もう》でに行った留守《るす》をねらっての旗上げでこれが平治の乱である。一度は天下を取ったのであったが思い上がった信頼はほしいままな自堕落《じだらく》な生活に陥ったため、臣下の不信を買い、清盛の反撃にもろくも敗れてしまった。敗れた義朝は、もはや最後と自害をくわだてたが、義朝の忠義の家来鎌田次郎《かまだのじろう》はそれをおしとどめ、後日再興のため、一時、恥をしのんで落ちのびることをすすめるのであった。源氏敗るの報は京の町々に伝わり、逃亡する義朝たちの行手には、つぎつぎとそれをはばむものが待ち伏せていた。比叡山のふもとには山法師たちが五、六十人、なぎなたや槍《やり》をもって落武者の物具なりともはぎとろうと待ち伏せていた。一日の戦いに一行は、もはやかれらを相手にするだけの気力がなかったが、斎藤別当実盛の才覚で首尾よくその場は逃げられた。しかし龍華《りゅうげ》にかかる手前で、またもや山法師の待ち伏せに会った。一行は馬をけちらしてそこを突破したのであるが、法師たちの放った矢の一本は義朝の伯父《おじ》の陸奥六郎義隆《むつのろくろうよしたか》を射殺し、一本は義朝の子の中宮大夫進朝長《ちゅうぐうのだいぶのしんともなが》の右の股《もも》に深くささった。比良《ひら》おろしの吹きすさぶなかを一行は傷ついた朝長と、まだやっと十三歳の頼朝《よりとも》とを助けながら義朝の女延寿《えんじゅ》のいる青墓の地へと馬を進めるのであった。

落ちのびる義朝の頭には、しばしば暗い思いが、それは父と幼い同胞《きょうだい》を殺したことへの深い後悔がかれを陰うつにした。そんな義朝をはげまし、なぐさめるのは幼いときから兄弟のようにしてきた鎌田であった。鎌田はみんなのために寒さをしのぐ火を起こし、飢えをしのぐ粥《かゆ》をえたりした。

逃走路に北国道を選んだ一行は、小野の宿《しゅく》をでたころから降りしきる雪に悩まされた。あまりの雪の深さに馬も役にたたなくなった。一行は第二の命とも思って大事にしてきた馬を捨てた。次にはその重さのために、身を守る鎧《よろい》を捨てた。こうして力なく、黙々と歩いていた一行は幼い頼朝の姿がみえないのに気づいた。最も愛していたわが子を、こんな雪深いさびしい地に見失った義朝は、絶望し、いきなり雪の上にすわり、何もいわずに短刀を抜いた。しかしこのときも鎌田のいさめる平家打倒の言葉に自害できなかった。

非常な苦しみのすえ、やっとたどりついた青墓の延寿の屋敷にも、すでに平家の手はのびていた。一行はここで追手の目をくらますため解散した。このとき傷ついた朝長は逃げることができないために、自ら義朝の手によって殺されることを望み、過去の暗い思いと追いつめられた心情の高ぶりから義朝はわが子を手にかけて殺してしまう。

義朝は鎌田のすすめに従い、鎌田の妻のいる尾張の知多《ちた》へと出立した。あすは正月という日、艱難《かんなん》のすえ、義朝一行はようやく知多の内海《うつみ》にたどりついた。やっと追手から逃れたのに義朝はなぜか落ち着かず、一日も早く関東へ出立することを望んだが、鎌田のすすめや、その妻の父、庄司《しょうじ》のすすめに従い、しばらくとどまることにした。

庄司の頭には、義朝を殺し、京へ申しでて出世しようという考えがあった。かれはそのためには自分の娘の夫である鎌田を殺すこともいとわなかった。永暦《えいりゃく》元（一一六〇）年正月二日の夜、鎌田が帰国の歓迎という名目で無理に酔わされたあげく殺された。翌三日の朝、義朝は湯にはいっているときに殺された。

暗い心の悲劇

花袋はこの作品を非常に意気ごんで書いたという。それは作品の読後に、読者は花袋が義朝にかれの感情のすべてをそそぎこんでいることを知れば、自然にうなずけるであろう。

一代の英雄として仰ぎ見られた義朝が、親を殺し、罪のない同胞《きょうだい》を殺し、権力の座についたが、平治の乱で敗れ、平家打倒一念のため死ぬこともできず、逃走するその心を去来するのは、捨てさることのできない過去の暗い行為であった。落ち延びるという心のわびしさと、暗い心とがかれに光のない道を一筋に進んでいくように思われた。花袋の筆は平治の乱についやすのでもなく、すべてが落ちゆく義朝の心情につかわれている。それは花袋の心情と合いにじりよるものがあったからであろう。自然主義文学の旗手としてはなばなしく活躍した花袋が、時代の変化とともにしだいに忘れさられていく心は、小説即生命とまで思って、ただ一筋に歩んできた花袋の、逃走する敗軍の将とおなじ悲しみをもっていたのであった。

そして親・同胞を殺した因果であろうか、暗い心においたてられるように、かれは自分の愛するわが子朝長を自らの手によって殺してしまうのであった。話しあうことのできない為義・義朝親子の心境もまた花袋の心境でもあった。長男の精神的変貌、長女のかれの意に染まぬ結婚、次女の弟子との家出など、いままでの花袋の生き方をすべて否定されたかのような子どもたちの反逆は、親と子のつながりのもろさを花袋に知らせるのであった。そして鎌田の妻の父、庄司の反逆。自分の娘の愛する夫をも権力欲のためには殺すのを辞さない人間のあさはかな心。宗教に近づいていた花袋には、義朝の生涯は強い興味を起こさせたのであった。

落ち延びる義朝の心と、周囲の草とか木とかの自然をあざやかに対照させながら、淡い詩の調べをかもしだしている美しい作品である。

百夜

恋の勝利

「百夜」は、昭和二(一九二七)年『福岡日日新聞』に連載されたが、あまり世間の注目をあびず、花袋の死後、五年にしてはじめて中央公論社から刊行された。この序文で、島崎藤村は、

「花袋子が数多き著作のうち、わたしの愛する作品は五つある。『生』『一兵卒の銃殺』『田舎教師』『時は過ぎ行く』そしてこの『百夜』がそれである。」

と推賞した。正宗白鳥もこの作品を高く評価し、一部の強い愛読者を持つ作品である。

題の「百夜」は、昔、深草少将《ふかくさのしょうしょう》が恋しい小野小町のもとに九十九夜通ってあわれにも凍死したのをもじり、百夜通ってついにつかみえた自己の恋—小利と花袋の恋—の勝利を示したものである。花袋らしい馬鹿正直ともいえるユーモラスにみちた題である。小利のことは『縁』のなかで、「眼と眼の間の遠い表情のある敏子は、矢張眼と眼の間の遠い表情のある女の写真にぢつと見入つた。」というふうに出てきてから『髪』をへて「百夜」の「お銀」にたどりついたのであった。

『百夜』初版本の表紙ととびら

あらすじ

関東大震災のとき、島田のお銀への心情のなみなみでないのがわかってから、二人の間は非常に落ち着いたものとなった。お銀と島田との仲は長く、お銀は東京向島の芸者であったが、心を許した男が島田のほかにもあったため、二人の間は切れたり切れなかったりという状態であった。しかし、島田の思いやりの深い、広い心で誠実にお銀をみつめる目はついにお銀の心を獲得し、震災後、芸者をやめた彼女は、島田一人を頼りとした生活を始めた。今のお銀にとって、向島の表面のはなやかさは何の郷愁をも呼ばず、静かなおだやかな心持ちで、父母と養女志麻子との生活に満足するのであったが、そうしたお銀の心に時々去来するのは日陰の女のさびしさであった。

島田は、子どもも大きくなり、今やなんの楽しみをも与えてくれない家庭を守りながらも、お銀によって生きる力を与えられるのであった。こうした結婚というわくに縛られない本当の男女の愛に、島田は深い喜びを覚えるのであった。島田は借家で不自由しているお銀のために家を建ててやることを計画した。場所はお銀の妹夫婦の住む近くで、静かな見晴らしのよい土地であった。

新築の家での生活は、中年の二人に一つの情趣を加え、いっそうのこまやかさが生まれた。

金剛不壊の恋

「震災のその三日目に女の身の上が案じられて、火のまだ燃えてゐる中をやつとのことで大川の橋杭《はしぐい》の上をつたわつて行つた時の危険。それでも女は十時間も川水に浸つてゐたにも拘らず、何うにか彼うにか命だけは助かつて、あの奥の料理屋の板敷の中に浴衣《ゆかた》がけのまゝの安全な姿を見出した時の涙―さうしたことが今もはつきりと二人の眼に映つて見えてゐるけれども、かれ等はそれについては何一言も言はなかつた。」

お銀は島田に誠実なる愛をみた。「島田」とはもちろん花袋のことであり、「お銀」とは源氏名小利・本名飯田代子で、花袋、終生の愛人である。震災という大事件が真実のものと、そうでないものとをはっきりさせたのであった。初老の男と中年の女の恋は、火花を散らすようなはげしいものではなかったが、それだけに静かな落ち着いたものであった。すこし長いが、その部分を引用してみよう。

その近所を歩いて見るといふ心持で、二人がおもてへと出て行つたのはそれから暫《しば》らく経つてからであつた。薄暮になるのにはまだ少し間があつた。子供達は出て来た時、ちよつとの間あとを追つて来たけれども、夕飯だと言つて呼び返されたので、そのまゝもとへ戻つて行つて了つた。

もはや竹むらに残つてゐた夕日もすつかり消えて、風のない日の此頃の静けさと言つたやうなものがそれとなくあたりを包んだ。そこに藁葺《わらぶき》の屋根がある。小さなかなめの苗をあしらつた四目垣がある。小さくとも郊外に自分の家を構へてせめてそこで一日の安息を求めようとする人たちの住んでゐるやうな、赤い瓦の屋根がある。安もののカアテンをいかにもハイカラらしくあたりに見せて、一目でその内部の貧弱さがそれと想像される離れ風の書斎がある。そしてそれ等の建物は、半ば黄ろくなつた麦畑のところどころに綴るやうに建てられて、そこに若い耳かくしの細君が二人のむつまじさうに並んで歩いて行くのをじつと長い間立つて見てゐた。此処等からは電車のレールはさう大して近くはない筈なのに、すぐそこを通つてでもゐるやうにはつきりと聞えて来るほどそれほど、静かな夕暮だつた。

「静かねえ！」

「本当だね……。かうなると郊外も好いな……。」

「かういふところに住んでいたらさびしいでせうかね？」

「さびしいよりも退屈で困りやしないかな……。」

「退屈ぐらゐなら我慢が出来るやうな気がするけれど……。」

二人はまた黙つて歩いた。竹藪がちよつと間が尽きて、黄熟した麦畠がやゝひろく見わたされるやうなところへと出て行つた。向うの垣の中の百姓家の窓には、もう灯がぽつつりついてゐるのが見えた。向うの道を通つてゐる荷車の響につゞいて、二三人何か話しつつ通つて行く人たちの声が小さな丘を背景にして微《かす》かにきこえた。

かれ等の心はじつと雑《まざ》り合い澱《よど》み合つた。それは何の事はない、この夕暮の静けさの中に深く沈んで行くやうなものだつた。勿論《もちろん》それは若い時の張り詰めた恋の感激でもなく、または中年の頃の止むに止まれぬ恋の漲溢でもなく、さうかと言つて互に抱き合つたりするやうな心持でもなく——その時にぢかに当つて見なければわからないといふやうな、さまぐの艱難《かんなん》の光景を経て始めて、さうした境に到達したといふよりは、むしろその時になつても——もうそのやうな恋心が燃えようなどとは夢にも誰も思つてゐないやうな今になつても、さうしたひとつの静かな融合がこの二つの性の上に開かれて、今までにはとても想像もつかなかつたやうな静かな喜びをそこに感ずるのだつた。尠《すくな》くともそれはひとつの恋の段階であらねばならなかつた。二人は立留つた。深くその空気に浸つたやうにして立留つた。もはや彼等は手を握りなどはしなかつた。またそのお互の静かな喜びをそこに表現しようともしなかつた。一つの風の揺き、またひとつの草の葉のゆらめきにも、その静かな心持の乱されて消えて行くことをおそれるやうに、またあわただしく世間の空気がその喜びの中に入つて来るのをおそれるやうにじつとしてそこに立尽した。丘の向うには更に一層ひろぐとした野がひろげられてあるらしく、そこにはぱつと薄い五月の霧がヴェルのやうにかゝつた。

しかしこうした恋をうるまでには「男を破れた草鞋」以上に思っていなかったお銀と「苦しい恋の求道者」島田との間に、血みどろの戦いともいえるはげしい苦しい二十年間があった。前の恋の傷がまだなおっていずに、やけっぱちのお銀と、女学生に失恋していた島田との出会いは、「熱心になりさうで熱心にならず、さうかと言つて他の客のやうにきつぱりとかの女を思ひ切つてしまふのでもなく、じみな中にも何処か強いところがあつて、この人なら大抵な話を打明けて話しても、自分で取乱して執念《しつこ》くつき纏《まと》つて来るやうなことはあるまい。」という関係を成立させた。そして実際には、島田は心中深くお銀にひかれていたのに、お銀にはそれがあきたらず、遊び人に夢中になってかれの前から姿を消したことなどもあった。しかしそれでもお銀は、「どんなことがあつてもあなたとは離れない」といい、

「だつてさうぢやありませんか、あなたとはさういふ形でこれまでやつて来たんですもの。今更あなたと離れるやうな気にはなれないわ。その時だつて、私、芸者さへやめなけりや好いんですもの……。表向はあの人と一緒になつたつて、芸者さへやめなければ、いつだツてあなたと逢へるんですもの……。」

と、島田の気をひくのであった。しかし、島田もお銀に対して矛盾するような態度をとっていた。それは「男女のことは結局一夫一妻だ。そこまで行かなければ何うにもならないのだ。必ずそこに到達しなければならないのだ」と考えながらも、

「家庭といふものが、いかに女を平凡化するものであるか、また外で見てゐて美しかつたものがそこに伴れて行つて何んなにつまらないものになつて了ふか。また自分ですつかり所有して了つたといふことが何んなにそのものを無意味にして了ふかといふことについてかれはよく知つてゐる。そこに人間の穽《おとしあな》見たいなものがあつた。何うにもならないものがある。従つて多分の疑惑は存してゐても何処かにまだ所有し切れないやうなものが残つてゐても、更に言ひ換へて、他人の中に全てその美が暴露されてあつたにしても、兎に角そこに恋愛を感じてゐられる方が家庭に入つて恋愛がすつかり失はれて了ふよりはまだしも増しであるとかれは思つてゐた。」

と男の身勝手さを示し、お銀はそこに「芸者を面白い玩弄物《がんろうぶつ》」とするかれに不安をいだいていた。それが震

災という自然の力によって大きく変化した。震災以後彼女の心はぐっとかれに近寄って来た。お銀はすっかり島田を頼りきり、

「母さんにしても、父さんにしても、だから本当に心から喜んでゐるんですの、あなたといふ人がもしゐなかつたら、私達はそれこそひどい目に逢つたらうつて始終言つてゐるんですよ。」

という言葉になり、それが島田を「かの女の生活は取りも直さずかれ（注・自分）の生活だ」と意識させるのであった。お銀にとって、もはや富も浮いたような賛美の声も必要ではなく、「もう私、世間と言つたやうなものは何うでも好くなつた――」とつぶやくのであった。彼女の求めるものはもっと地味《じみ》なものであり、彼女は島田への愛が深くなればなるほど、妻になれない女の悲しみを覚えるのであった。

「やつぱりあなたの奥さんだツて私に対してはあのお向うの奥さんと同じでせうね。何うしたつて駄目ね。何んなに此方が好意を持つて行つたつて駄目だわ。私だツて悪人ぢやないと思ふし、こんなにあなたのことを考へてゐるし、あなたの奥さんだつて、そんなに憎いわけはないと思ふんですけども……やつぱり駄目なんですかね。可愛い夫を寝取つた憎い女なんですかね。それを思ふと悲しく悲しくなつて……」

といい、

「やつぱり私は何処まで行つても蔭の人といふことね？」

と。そしてお銀は陰の存在の自分の犯す罪に悩むのであった。

「私本当にすまないやうな気がしたんですもの……」

「でも考えると罪ね……。私達はそれだけでも死ねば真逆《まつさか》さまに地獄ね。」

と暗い顔になるのだった。事実、島田は家庭に悩んでいた。子どもが成長し、親は親、子は子、妻は妻、夫は夫となってしまった今の家庭に重きをおいてはいなかったが、しかし自己の行なっている、人間としての不道徳なことに対する罪への意識がかれを暗くさせた。そして、長女の親の反対を押し切っての結婚も、長男の精神的異常も、次女の家出も、すべて自己の犯していることに対する報いではないかと考えるのであった。しかし、それでもかれらは別れることはできなかった。かれらの恋は、

「世間の雑り合はない恋愛——何んなにその周囲のものがその破壊力を逞しくしても、びくともしない恋愛——あの震災のもつと大きいものがあつて、あらゆるものが亡びても死にまで破壊されずに到達する恋愛」

であった。かれらの恋は、「他の考へているほどそれほど遊蕩《ゆうとう》的でもなければ本能的」でもなかった。むしろその正反対であった。

お銀はこの恋を通して島田に大きな影響を与えた。それは、筆を執るというつらい仕事「労働の中では一番全力的な張りつめた労働」のつかれをお銀がいることでいやしてくれたこともあるが、それよりも、いっそう、

「さう言つて了つてはあまりに情痴すぎるかも知れないが、かれの経て来た五十年の生活の中では、そ

れより以外には大したものがあつたとは思へないのであつた。金を稼ぐこと、自分の名を世間にひろげること、別な反対な勢力と相争ふこと、生活状態を一歩々々好くして行くこと、さういふこともこの世に生きて行く上に於ては、かなりに無関心ではゐられないことには相違なかつたが、それも一方にかの女があるからで、もしかの女がかれの生活の途上にあらわれて来てゐなかつたなら、その生活力も、決してさう強くは働かなかつたに相違ないのであつた。それは人に由つては、それをかれのために惜しむといふものもあるかも知れない。何うしてさういつまで同じところに低徊《ていかい》してゐるのかといふものもあるかも知れない。もう好い加減にしたら好いぢやないか、お前の書いたものの中にはその女しか出て来ないぢやないか。その女がいろ〳〵に形を変へたり姿を変へたり、時には酌婦になつたり芸者になつたり普通の女になつたりしてゐるだけではないか。恋の題目だつてやつぱりそうぢやないか。その範囲を出ないではないか。もつと違つた恋をしたら何うか。あまり単調すぎるではないか。かういふものもあるかも知れない。否、それはたしかに相違ないのだが、しかしそれがかれ等の恋の反射作用なのだから何うも致し方がないのであつた。」

そして、それが島田に「かの女の生活は取りも直さずかれの生活だ」という言葉を吐かせたのであった。

一方、島田もお銀を大きくかかえた。そして、

「兎に角、私には私の道があるのよ。ひろい、ひろい、横みちだの、迷ひ道だのの沢山あつたところをよくも踏み惑はずに此処までやつて来たと思ふのよ。それも一直線に——自分が考へても心持が好いほど

一直線に……これといふのも、先生がゐたからね。先生がゐなければかう真直には来られなかつたかも知れない……」

「でも、先生に教はつたことが多いと思ふわ。さういふ意味で、私は先生こそ本当に私の先生だといふ気がすることがあるのよ。」

こうして島田は一人の女を救い、自己を救い、そして力強い恋——金剛不壊《こんごうふえ》の恋——で二人の「恋の金屋」を築くのであった。

「百夜」は、したがってたんなる恋愛の小説ではなく、花袋のすべてをさらけ出した、きびしく力強いものであり、それが「あまりに情痴すぎる」といわれながらも、胸に迫るものを含んでいる理由であろう。そして花袋は、この愛欲ともいうべき恋を、たんなる恋愛経験として終わらせずに哲学的、宗教的境地にまで高めている。「実に静かに落ちついた男女の心理を捉へて、優に作者が到達した老後の心理を髣髴させてゐる。」（前田晁）といえよう。五十七歳になっても、純粋なやさしい若い心を失わなかった花袋にして、はじめて書ける作品であるといえよう。

年譜

一八七二年（明治五）　一月二三日、栃木県（後に群馬県）邑楽郡館林町一四六二番屋敷に、父鍋十郎、母てつの次男として生まれる。本名録弥《ろくや》。父は旧上州館林秋元藩士であった。

一八七四年（明治七）　**三歳**　一月　父、上京し東京府第五大区の邏卒《らそつ》（巡査）となる。

一八七六年（明治九）　**五歳**　三月　母や兄姉と上京。根岸御行松付近に住まい、ついで御院殿下に移る。三月五日、弟富弥生まれる。三月一八日、長姉いつ、警視庁少警部石井攸に嫁《とつ》ぐ。

一八七七年（明治十）　**六歳**　二月、父警視庁別働隊に志願し、西南の役に従軍したが、四月、熊本県益城郡飯田《くまもとけんましきぐんいいだ》山麓《さんろく》の戦い（御船の戦い）で戦死。八月、母子とも祖父に伴われて帰郷。

一八七八年（明治十一）　**七歳**　館林町一〇六一番地（裏宿）に移る。館林学校の東校に入学。

一八八〇年（明治十三）　**九歳**　冬、足利《あしかが》の薬種屋に丁稚奉公するが、すぐにやめる。兄の実弥登小学校を卒業し、義兄石井攸の世話で上京し、漢文を学ぶ。

一八八一年（明治十四）　**十歳**　二月、祖父に伴われて上京、京橋区（現中央区）南伝馬町の書店有隣堂に丁稚奉公。

一八八二年（明治十五）　**十一歳**　五月、奉公先での不始末のためと、まだ幼すぎるために兄に伴われて帰郷。秋、館林学校にもどる。ふたたび学校に通えるのがうれしく、学問にはげむ。

一八八三年（明治十六）　**十二歳**　一月、長姉いつ肺結核のため死去。藩儒《はんじゅ》吉田陋軒《よしだろうけん》の休々塾に通い漢詩文を学び、和算を戸泉綱作にならう。

一八八四年（明治十七）　**十三歳**　小学中等科卒業。

一八八五年（明治十八）　**十四歳**　五月、処女漢詩集『城沼四時雑詠』をつくる。『穎才新誌』に漢詩文を投書しはじめる。

一八八六年（明治十九）　**十五歳**　三月、高等小学校卒業。兄が修史館（後の東大史料編纂所）に就職したので、七月に一家をあげて上京し、牛込区（現新宿区）富久町二〇番地の元会津《あいづ》藩下屋敷内に住んだ。このころ軍人を志望し、麴町《こうじまち》中六番町の予備校速成学館に学ぶ。

一八八七年（明治二十）　**十六歳**　七月、館林に帰省し、

「館林紀行」を書く。旧館林藩士の子弟、野島金八郎に英語を学んだが、多くの文学的感化をも受けた。

一八八八年（明治二十一）　**十七歳**　弟とともに明治会学館に入学し、英語を学ぶ。上野図書館・貸本屋いろは堂を利用して西欧文学を手当たりしだいに読む。『国民之友』に載った二葉亭四迷訳の「あひびき」に大きなショックをうける。元禄文学にも読書の幅を広げる。詩文集『買山楼初集』をつくる。

一八八九年（明治二十二年）　**十八歳**　牛込区納戸《なんど》町に移る。和歌を松浦辰男に学ぶ。八月館林帰省、途中日光に遊び、以後たびたび訪れる。『探勝日記』を書く。

一八九〇年（明治二十三）　**十九歳**　牛込区甲良《こうら》町に移る。三月、『穎才新誌』の誌友大会で太田玉茗《ぎょくめい》（三村玄綱）と知り合う。八月、館林にいる姉のもとで小説としての処女作『秋の夕』を書く。九月ごろ、法律家をこころざし日本法律学校（現在の日本大学の前身）に入学。まもなく腸チフスにかかったため退学。

一八九一年（明治二十四）　**二十歳**　五月二十四日、尾崎紅葉を牛込区横寺町に訪ねる。その指示で翌日、江見水蔭を訪ね、以後、かれを師として小説の指導を受ける。十月、処女作「瓜畑」を古桐軒主人の筆名で、石橋思案主宰の『千紫万紅』に発表。この冬、松岡（柳田）国男と知り合う。

一八九二年（明治二十五）　**二十一歳**　三月二七日から「落花村」を『国民新聞』に発表。はじめて花袋生草の名を用いる。十一月、水蔭がつくった江水社の機関誌『小桜縅』に「秋社」を発表。以後『小桜縅』は作品発表の舞台となる。高瀬文淵（黒川安治）と知り合う。

一八九三年（明治二十六）　**二十二歳**　三月、トルストイの『コサック兵』を翻訳、博文館から出版。四月、都々古別神社宮司八槻猷良との養子縁組のため、磐城《いわき》棚倉《たなくら》に義兄石井攸を訪ねるが、まとまらなかった。七月、真の処女作「小詩人」を『小桜縅』に発表。玉茗と房総相豆《そうず》に遊ぶ。この年ドイツ語を学ぶ。

一八九四年（明治二十七）　**二十三歳**　六月、北村透谷が自殺、その死をいたみ、短歌を『文学界』に送ったことから同人との交友始まる。

一八九五年（明治二十八）　**二十四歳**　二月、「山家水」を『文芸倶楽部』に発表。六月、中央新聞社に入社、九月、退社。十一月、「小桃源」を『文芸倶楽部』に発表。

一八九六（明治二十九）　**二十五歳**　二月、牛込区喜久井町二十番地に移る。五月、「窮山深谷」を『太陽』に、十二月、紅葉と合作で『笛吹川』を春陽堂から出版。島崎藤村・国木田独歩と知り合う。

一八九七年（明治三十）　**二十六歳**　四月、宮崎湖処子編で、独歩・玉茗・国男、嵯峨之舎と詩集『抒情詩』を民友社から出版。四月二十日、独歩と日光照尊院に遊び、六月まで滞在。独歩に教えられること大であった。

一八九八年（明治三十一）　**二十七歳**　大月隆編、独歩・湖処子・子規と詩文集『山高水長』を文学同志社から出版。二月、伊勢・紀伊・大和・山城に旅行。九月、三河伊良湖岬に柳田国男を訪ね、ともに伊勢の玉茗を訪ね、帰途、木曽福島の藤村を訪ねる。

一八九九年（明治三十二）　**二十八歳**　二月、伊藤重敏次女リサ（玉茗妹）と結婚。八月十九日、母てつ腸結核で死去。九月、『南船北馬』を博文館、『ふる郷』を新声社から出版。大橋乙羽の紹介で博文館入社。

一九〇〇年（明治三十三）　**二十九歳**　一月、水蔭主筆の週刊新聞「太平洋」を博文館から発行。花袋も参加。三月、同番地のままで兄から分家。六月、風葉・鏡花と『花吹雪』を新声社から出版。八月、「みやま鶯」を『文芸倶楽部』に発表。前期自然主義起こる。

一九〇一年（明治三十四）　**三十歳**　二月一日、長女礼子生まれる。「憶梅記」（改題「自殺」）を『文芸倶楽部』に発表。『野の花』を新声社、『続南船北馬』を博文館から出版。ニイチェ主義起こり、花袋の作風にも影響を与える。

一九〇二年（明治三十五）　**三十一歳**　三月、長男先蔵生まれる。五月、『重右衛門の最後』をアカツキ叢書第五篇として新声社から出版。七月、兄失職。

一九〇三年（明治三十六）　**三十二歳**　二月、山崎直方、佐藤伝蔵編『大日本地誌』の編集を助ける。六月、「女教師」を『文芸倶楽部』に発表。紅葉・乙羽死に、硯友社の勢力衰退、新時代が訪れる。

一九〇四年（明治三十七）　**三十三歳**　一月、藤村を信州小諸《こもろ》に訪れる。二月二十一日、次男瑞穂《みずほ》生まれる。岡田美知代上京し、花袋を訪れる。「露骨なる描写」を『太陽』に発表。三月、『日露戦争写真画報』発行に当たり、第二軍私設写真班として東京を出発、金州・南山・得利寺・蓋平・大石橋・遼陽の戦いを見、「観戦記」を送る。陣中で森鷗外と知り合う。八月十五日、腸チフスの疑いで兵站病院に入院。九月二十日、帰国。

一九〇六年（明治三十九）　**三十五歳**　二月、前田木城（晃《あきら》）と知り合う。三月、花袋のバックとして自然主義文学のため大きな働きをした。『文章世界』を博文館より発行。九月、備後の福山から出雲に遊ぶ。十一月、『美文作法』を博文館から出版。東京代々木山谷一三二番地の新居に移る。

一九〇七年（明治四十）　**三十六歳**　五月、「少女病」を『太陽』に、九月、「蒲団」を『新小説』に発表し、文壇に確固とした地位を築く。兄、肺結核で死去。

一九〇八年（明治四十一）　**三十七歳**　一月、「一兵卒」を『早稲田文学』に、「土手の家」を『中央公論』に発表。三月九日、次女千代子生まれる。『花袋集』を易風社から出版。四月十三日から「生」を『読売新聞』に連載。病床の独歩に献じるため、風葉と『二十八人集』を編集し新潮社から出版。十月十四日から「妻」を『日本新聞』に連載。

一九〇九年（明治四十二）　**三十八歳**　一月、『花袋小品』を隆文館、六月、『小説作法』を博文館、十月、『田舎教師』を、十一月『インキ壺』を左久良書房から出版。十一月二十七日、三女整子生まれる。

一九一〇年（明治四十三）　**三十九歳**　三月二十八日から「縁」を『毎日電報』に連載。六月、『花袋叢書』を博文館から出版。

一九一一年（明治四十四）　**四十歳**　七月二十二日から「髪」を『国民新聞』に連載。十二月『花袋文話』を博文館から出版。

一九一二年（明治四十五 大正元）**四十一歳**　十月八日から「渦」を『国民新聞』に連載。十二月二十三日、博文館退社（在職十三年）。自然主義しだいに衰える。

一九一三年（大正二）　**四十二歳**　二月、北越地方に遊ぶ。五月、日光に遊び、医王院に十月まで滞在。ユイスマンスの影響をうけ、自然主義から神秘主義に走る。

一九一五年（大正四）　**四十四歳**　五月、出雲・石見・豊前豊後・筑前・伊予・土佐に遊ぶ。八月、『花袋全集』巻の一を植竹書院から出版したが、まもなく中絶。

一九一六年（大正五）　**四十五歳**　五月、信州富士見に行き、七月、再遊。十月まで滞在。九月、『時は過ぎゆく』を新潮社から出版。

一九一七年（大正六）　**四十六歳**　一月、『一兵卒の銃殺』を春陽堂から出版。三月、「河ぞひの家」を『新小説』に発表。六月、『東京の三十年』を博文館から出版。九月、「ある僧の奇蹟」を『太陽』に発表。十一月十七日から「残雪」を『朝日新聞』に連載。

一九一八年（大正七）　**四十七歳**　一月、「遺伝の眼病」

を『太陽』に発表。五月、近江に遊ぶ。

一九一九年（大正八）　**四十八歳**　一月一日から「河ぞひの春」を『やまと新聞』に連載。『再び草の野に』を春陽堂から出版。八月十一日から「新しい芽」を『朝日新聞』に連載。この年、肺尖カタルを病み、酒・たばこをやめる。

一九二〇年（大正九）　**四十九歳**　四月、妻と伊勢から近畿に遊ぶ。九月二十一日から「恋草」を『読売新聞』に連載。花袋・秋声生誕五十年記念祝賀会が開かれ、『現代小説選集』（三十三名執筆、新潮社刊）を贈られる。十二月、長女礼子、津田作太郎に嫁ぐ。

一九二二年（大正十一）　**五十一歳**　二月、「廃駅」を『福岡日日新聞』に連載。十月、『花袋紀行集』第一輯を博文館から出版。

一九二三年（大正十二）　**五十二歳**　一月、『花袋全集』（全十二巻）を花袋全集刊行会から出版。二月、『近代の小説』を近代文明社から出版。三月、満州旅行にで、大連・大沽・天津・北京・奉天からハルビンに達し、朝鮮をへて六日、石見から出雲・隠岐に遊ぶ。七月、妻と東北に遊び、弘前にいる弟富弥を訪ね、八月帰京。

一九二四年（大正十三）　**五十三歳**　一月、「源義朝」を『名古屋新聞』に連載。歴史小説に新しい道を見いだす。

一九二五年（大正十四）　**五十四歳**　六月、感想集『夜座』を金星堂から出版。十一月、『長篇小説の研究』を新詩壇社から出版。「通盛の妻」を『婦人之友』に連載。

一九二六年（大正十五・昭和元）　**五十五歳**　五月一日から「恋の殿堂」を『朝日新聞』に連載。秋、小杉未醒と耶馬渓に遊ぶ。家庭内のことに悩む。

一九二七年（昭和二）　**五十六歳**　二月、「百夜」を『福岡日日新聞』に連載。初夏、未醒と豊後・日向に遊ぶ。

一九二八年（昭和三）　**五十七歳**　十月、満州・蒙古に遊ぶ。十二月、脳出血に倒れる。

一九二九年（昭和四）　**五十八歳**　五月、『田山花袋集』を春陽堂より出版。喉頭ガンにかかる。八月、『田山花袋集』を新潮社より出版。

一九三〇年（昭和五）　**五十九歳**　二月、『田山花袋集』を改造社、四月、『山水百記』を博文館から出版。五月十三日、午後四時四十一分、代々木の自宅で死去。「高樹院晴誉残雪花袋居士」の戒名を藤村が撰し、多磨墓地に葬る。

参考文献

○テキスト

『花袋全集』（全一二巻）　花袋全集刊行会　昭11・6

○一般参考書

『田山花袋研究』　岩永　胖　白楊社　昭13・4

『田山花袋の文学』(一)(二)　柳田　泉　春秋社　昭23・1
昭33・9

日本文学アルバム『田山花袋』　横田正知編　筑摩書房　昭34・12

『藤村花袋』（国語国文学研究大成十三巻）
吉田精一・石丸久・岩永胖編　三省堂　昭35・4

『自然主義の研究』上・下　吉田精一　東京堂　昭30・11
昭33・1

『風俗小説論』　中村光夫　河出書房　昭25・8

『作家論』　正宗白鳥　創元社　昭16・8

『自己中心明治文壇史』　江見水蔭　博文館　昭2・10

『明治大正の文学人』　前田　晁　砂子屋書房

○雑誌所収のもの

「花袋秋声記事」　文章世界　大9・11

「田山花袋研究」　新潮　昭9・9

さくいん

〔作品〕

〔人名〕

—完—

田山花袋■人と作品　　定価はカバーに表示

1968年12月20日　第1刷発行©
2017年9月10日　新装版第1刷発行©

・著　者 ……………………福田清人《ふくだきよと》／石橋《いしばし》とくゑ
・発行者 ……………………………渡部　哲治
・印刷所 ……………………法規書籍印刷株式会社
・発行所 ……………………株式会社　清水書院

〒102-0072　東京都千代田区飯田橋3-11-6
Tel・03(5213)7151～7
振替口座・00130-3-5283
http://www.shimizushoin.co.jp

検印省略
落丁本・乱丁本は
おとりかえします。

CenturyBooks

Printed in Japan
ISBN978-4-389-40119-1

Century Books

清水書院の〝センチュリーブックス〟発刊のことば

近年の科学技術の発達は、まことに目覚ましいものがあります。月世界への旅行も、近い将来のこととして、夢ではなくなりました。しかし、一方、人間性は疎外され、文化も、商品化されようとしていることも、否定できません。

いま、人間性の回復をはかり、先人の遺した偉大な文化を継承して、高貴な精神の城を守り、明日への創造に資することは、今世紀に生きる私たちの、重大な責務であると信じます。

私たちがここに、「センチュリーブックス」を刊行いたしますのは、人間形成期にある学生・生徒の諸君、職場にある若い世代に精神の糧を提供し、この責任の一端を果たしたいためであります。

ここに読者諸氏の豊かな人間性を讃えつつご愛読を願います。

一九六六年

清水梼

SHIMIZU SHOIN